2013

102年童話選

王文華 主編

九歌年度童話選

102

年度童話獎

得主

子　魚

作品

黑熊爺爺忘記了

九歌出版社

九歌102年度童話獎　得獎感言

◎子　魚

〈黑熊爺爺忘記了〉獲得「年度童話獎」，我要感謝大小評審給我的肯定，也激勵我要寫出更好的作品與大家分享。

當我的父親快要「遠行」的時候，他示現給我們當兒女的看，看他如何一日一日衰弱？燃燈將盡，生命流逝。我們悲從中來真實的震撼的上了一場生命教育課。

竭盡心力照顧父親，尋求醫療資源，然而失望、無奈與悲傷不斷由心裡湧到臉上。最後幾天，父親失智了，然後「遠行」了。

其實父親是自在的，我們卻哀痛。祈求他多留一些日子讓我們孝順，卻不能如願。什麼叫做「束手無策」，我們深刻體驗到了。

我忽然有一種體悟，藉由「黑熊爺爺」來說，說什麼？父親留給我們的是滿出整個房子的愛，我們對父親的愛也是。

我還要說的是，請愛家中老人；請愛自己家人。

102年童話選

目錄

卷一 甜心糖果屋

卷二 熱氣球草原

卷三 衝天雲霄飛車

卷四 好營養餐廳

卷五 驚喜包舞台

卷一

甜心糖果屋

黑熊爺爺忘記了

／子　魚

◎ 插畫／李月玲

作者簡介

兒童文學創作者。熱情熱血幽默感是生活態度；思考寫作打籃球是生活方式；閱讀創作說故事是生活目標。喜歡自己是帥氣的樣子，像鄰家大男孩的感覺。

童話觀

冬日暖暖的陽光裡，我去晒太陽，同時晒靈感。童話的妙點子就這樣晒出來。

黑熊爺爺去世了，他變成鬼之後，這一天他想回家。他在森林入口，眼前的三條叉路，不知道要選哪一條？

黑熊爺爺又忘記回家的路怎麼走。他飄來飄去，不知道該怎麼辦？

他生前也常常迷路，一出門老是忘了路。幸好，森林裡的動物鄰居都認得他，會主動帶他回家。

「一、二、三，三條路，我要走哪一條好呢？」黑熊爺爺用手比畫著，嘴裡念著。

他很著急，急得眼淚都快流出來。

「神啊！你可不可以帶我回家。」黑熊爺爺合掌禱告。

「怎麼啦！」天神忽然出現。

「我想回家！」

「回家？」天神疑惑：「你已經死了，你的家不在森林裡。你應該去你該去的地方。」

「我知道！」黑熊爺爺落寞低頭：「但我忘記一件事，我想回去完成。」

「什麼事呢？」

「我就是忘了。不管啦！反正先回家，也許我會想起來。」黑熊爺爺抬起頭，皺一下眉頭：「問題是我現在連回家的路都不知道怎麼走。」

「哈！小事情。走！我帶你回去。」天神牽黑熊爺爺坐上雲，一下子就到家。

黑熊爺爺進入他生前住過的房子。他臥室的擺設沒變，家人將他的東西保存得很好。

黑熊爺爺的兒子、媳婦和孫子睡得香甜。黑熊奶奶的照片掛在牆上正朝著他微笑。他心想：「明天就可以去找老伴，她走了好多年了。」

「你忘記什麼？趕快想；你要找什麼？趕快找。黑熊啊！天亮前，我們必須離開。」天神叮嚀。

黑熊爺爺看著自己住過的家，很熟悉，充滿懷念。他東看西看，東摸西摸，折騰好久。最後，他摸摸自己的腦袋，還是想不出回來要做的那件事是什麼？

「也許，我回來，不是找東西？」黑熊爺爺說。

「不是找東西，那要做什麼？」

「想不起來啊！心裡總覺得有事。如果我不去完成，我會很遺憾。」

「好吧！那我來幫你把那件事想起來！」天神魔杖揮動了。

時空像水一樣流動起來，不過，卻是往回流，流回黑熊爺爺生前在家的情景。他像是在看電影，看見自己平日的生活。

黑熊爺爺老了，老到什麼都忘記，不只忘記回家的路，忘記有什麼東西，甚至連家

人都忘了。

有一次，黑熊兒子找到好吃的蜂蜜回來，他先孝敬黑熊爺爺，黑熊爺爺卻以為自己的兒子是壞人，一掌打翻蜂蜜不說，還連揍兒子好幾拳。黑熊兒子沒有生氣，連聲說對不起。

那天晚上黑熊兒子跪著抱住黑熊爺爺說：「爸爸，我愛你。」

有一次，黑熊爺爺不小心尿濕褲子，黑熊媳婦把他的濕褲子換下來，拿去洗。黑熊爺爺直說媳婦是小偷，氣得要命，還要揍她。黑熊媳婦沒有生氣，一直鞠躬道歉。

那天晚上黑熊媳婦跪在黑熊爺爺面前說：「爸爸，我愛你。」

有一次，黑熊孫子畫一張黑熊爺爺的畫像給他看，黑熊爺爺連看都不看，就把畫撕掉。他還說誰家的小孩，這麼晚了還不回家。黑熊孫子很委屈，躲到房間裡大哭。

那天晚上黑熊孫子摟著黑熊爺爺說：「爺爺，我愛你。」

「那真的是我嗎？我怎麼這麼兇？」黑熊爺爺轉頭對著天神說。

「是的！那是你！」天神回答：「不過，這不能怪你，因為你生病了。」

「我生病了！」黑熊爺爺眼淚流出來：「神啊！我已經知道，我回來要做什麼了？」

「哦！你想起來。」

「嗯！」

黑熊爺爺起身進入兒子、媳婦和孫子的房間，看看他們熟睡的樣子，然後很幸福也很安慰的輕輕說聲：「我愛你們。」

——原載二〇一三年一月十五日《國語日報・故事版》

編委的話

●**黃彥蓉**：

故事以愛下筆，從忘記到想起，整個起伏有致，很棒的一篇故事，讓我一讀就迫不及待的想知道結尾，果然，這個兇巴巴的熊爺爺，終於在結尾想起了家人對他的愛，出人意料，讀完心裡會有一種暖暖的感覺。

●**楊子葳**：

讀完這篇故事後，我一定要好好的愛父母，孝順他們，雖然這話聽起來老生常談，卻是永恆不變的真理，對家人的愛，值得不斷歌頌傳唱。

●**劉巧華**：

我覺得這篇故事內容很溫馨又有趣，那種感覺很奇妙——人只要老了就會漸漸忘記很多東西，我們千萬不能像故事裡的熊爺爺，對家人的愛不即時表達，死後才發現，原來生前有這麼多人愛他……

熊貝貝的糖果店 ／劉碧玲

◎ 插畫／李月玲

作者簡介

台灣雲林縣人，實踐大學國貿系畢。曾經是一般孩子的老師，也曾經是特殊小孩的老師。現在是專門坐在家裡面對電腦螢幕寫作的作家。

童話觀

在愉悦中閱讀故事，我們更為愉悦；在悲傷中閱讀故事，我們忘記原來的悲傷；在不可能中閱讀故事，有了無限可能。當我們找到屬於我們的美麗風景時，就是我們的童話故事。

熊貝貝的糖果店，是一間無人看顧的店，客人買糖果得自助。

熊貝貝糖果店賣的糖果，全是應客人要求而訂製的特殊糖果，不過，特殊糖果擺上架之後，買的客人多了，特殊糖果也就變成需要大量生產的普通糖果。

每一款糖果，熊貝貝在架上貼著寫上價錢和糖果名字的貼紙，方便客人進到店裡一眼就能找到需要的糖果，買糖果，將錢投入店裡的錢筒即可。

熊貝貝大部分時間待在糖果店後面的糖果工廠，他專心研發客人在留言板上寫的有關他們對糖果的需求。

上個月，雞媽媽在留言板上寫著：

> 小雞整天吵得我不得安寧，是否可以生產一種糖果，小雞吃了就會安靜。
>
> 被小雞吵得受不了的雞媽媽　留

熊貝貝花一天時間，做好雞媽媽需要的糖果，取名為安靜糖果。安靜糖果一推出，立刻獲得好評。鴨媽媽、烏鴉媽媽、老鼠媽媽、麻雀媽媽，全是安靜糖果的常客，一買就是一大包。

幾天後，熊貝貝留言板上有兩則新留言。

最近吃草的時候，草總是在我的嘴裡捲過來又捲過去，就是無法吞進喉嚨，是否可以請你幫忙，生產一種讓我吃草的時候能順利將草吞進喉嚨的糖果。

已經餓了好幾天不敢吃草的老馬　留

老馬留言下面，還有另一則留言。

我也需要這款糖果。

害羞不敢大聲說出口的老山羊　留

原則上，兩個客人有相同需求的糖果，熊貝貝列為急件。原本已經要休息的熊貝貝，看完留言板上的留言，立刻又回到糖果工廠。老馬餓了好幾天，老山羊想必也是如此，熊貝貝希望明天早上糖果店一開門，此款糖果已經擺在店裡的架上，老馬和老山羊，不會再餓肚子。

不過這款糖果做起來比其他糖果難度更高，花了熊貝貝三天的時間才完成，熊貝貝把這款擺到店裡的架上，貼紙上面寫著：

口水糖果，二十歲以上免費，一歲以下禁止購買。

雞媽媽進到店裡，看到這款新糖果，嘴裡不禁咕咕念著。

「用口水做出來的糖果，還敢擺在店裡賣給大家吃，熊貝貝的糖果店竟然賣不衛生的糖果，以後誰還敢買他的糖果來吃呢？」

偏偏幾隻小雞看到店裡架上有新糖果，全部鬧著要雞媽媽買口水糖果給他們吃。雞媽媽既生氣又緊張，就怕小雞拿了口水糖果吃進肚子鬧肚子痛。整間糖果店，這邊咕咕叫著要買要買，那邊咕嚕咕嚕喊著不行不行，鬧哄哄宛如菜市場。

待在糖果工廠的熊貝貝聽見前面糖果店吵鬧不休，走去糖果店看究竟。

雞媽媽一見熊貝貝，非常生氣問他，「為什麼你要用口水生產糖果來賣給我們？實在太不衛生。」

「雞媽媽，你誤會了，口水糖果不是用口水製作出來的糖果，這是一種含在嘴裡會讓嘴巴生出口水的糖果，老馬和老山羊因為年紀大了，嘴裡的口水變少，沒有口水幫忙，吃進嘴裡的草很難嚥進喉嚨，他們肚子餓卻不敢吃草，現在有我的口水糖果幫忙，吃草之前先含一顆口水糖果在嘴裡，慢慢生出口水再吃草，就能順利將草吞進肚子裡，不會餓肚子。小雞們，要聽媽媽的話，你們還沒到可以買口水糖果的年齡喔，你們的口水夠多了，再吃這種糖果，恐怕口水滴滿地，那才真的不衛生呢，現在你們比較需要的是安靜糖果。」

雞媽媽點點頭，她原本就是來買安靜糖果的，立刻從架子上拿五顆安靜糖果分給五隻小雞吃，糖果店頓時鴉雀無聲。

「這款糖果是我店裡銷路最好的糖果之一，嘴裡含一顆，美好滋味絕對讓你不想開口以免好滋味跑掉，多虧有你在留言板寫出你的需求，我才能做出安靜糖果，雞媽媽，今天安靜糖果買一送一，你可以再拿五顆安靜糖果，以備不時之需。」

雞媽媽滿意的帶著五隻安靜的小雞，還有皮包裡五顆安靜糖果離開。

雞媽媽離開沒多久，糖果店叮噹響起客人來的聲音，熊貝貝以為是老馬或是老山羊來拿口水糖果，沒料到進來的是老狗。

「老狗，你的腳踩到狗屎嗎？要不要先去外面把腳沖洗乾淨才進來。還有，你來得正好，口水糖果剛上架，你可能也需要，買一顆含在嘴裡，方便你吃東西時吞嚥順利。」

熊貝貝拿了一顆口水糖果給老狗，老狗沒有馬上放進嘴裡，老狗哭喪著臉，不知為何事傷心。老狗既沒說謝謝也沒再說其他的話，熊貝貝覺得奇怪，平常總是笑臉迎人的老狗，看起來一點也不快樂。

「怎麼了？你不需要口水糖果？我知道了，你擔心錢不夠，對不對？你還沒滿二十

口水糖

歲，不能吃免費的口水糖果，不過沒關係，口水糖果剛上市，我送一顆給你免費試吃。」

「我沒有踩到狗屎，也不是為了沒錢買口水糖果所以不快樂，我是……」老狗欲言又止。

老狗待在糖果店越久，糖果店裡的香甜糖果味全不見了，反而有一股怪異的臭味道瀰漫整間糖果店。熊貝貝皺著眉頭，不明白原本香氣四溢的糖果店怎會有這股味道出現？老狗知道這股臭味是他帶進糖果店的，刻意站得離熊貝貝遠一些，老狗走到留言板上寫著：

> 我想要一款香水糖果，吃了會讓全身充滿香味，因為大家嫌我臭，不喜歡我，不理我。

熊貝貝此時才恍然大悟，原來糖果店這股怪異臭味道，是老狗帶來的。熊貝貝走到老狗身邊，把老狗全身上下看一遍。

「我想你需要的不是香水糖果，而是沐浴乳或是香皂，你需要洗一個香噴噴的澡，瞧你全身上下的毛全結成毛球，從你的毛揪成一團又一團的毛球看來，你已經很多天沒洗澡了，對不對？」

老狗低下頭不好意思的說：「天氣好冷，我怕冷，所以，已經好幾天沒洗澡。」

「你應該買的是溫暖糖果，吃一顆溫暖糖果，保證讓你全身從頭暖到腳，然後你才去洗澡，保證就不冷了，今天溫暖糖果買一送三，四顆才收你一顆的錢喔，划得來。」

老狗臉上露出笑容，帶走四顆溫暖糖果和一顆口水糖果。

幾天後，熊貝貝糖果店的留言板上又有一則新留言。

我想要一顆可以讓我跑步第一名的糖果。

跑步總是跑到旁邊去的小螃蟹　留

呵呵，看來，熊貝貝又有得忙囉。

——原載二〇一三年十月十八～十九日《國語日報・故事版》

編委的話

●楊子葳：

這個故事讀起來輕鬆、有趣。糖果能治病，這也太神奇了吧！而且，愛講話有糖可以治、口水太少也能醫，我覺得這真的好酷！真希望我也能買些治愛講話的糖果，好讓我們班的男生安靜一些！

●**劉巧華：**

讀這故事時直叫人食指大動，是前所未有的經驗，視覺滿足了，味覺也有了想像的空間，我也想跟熊貝貝訂點特別的糖果，用來減輕媽媽工作辛勞，促進爸爸幽默感的「良糖」，不知道他做不做得出來？

●**劉冠廷：**

我好想吃這家糖果店的糖果，口味每天一換，一年三百六十五天，天天都有好滋味，如果這樣，它的生意一定好極了，不過我媽說，那附近牙醫診所生意一樣也會好極了——那可不太妙。

拯救巨人普拉拉

／林佳儒

◎ 插畫／李月玲

作者簡介

喜歡仰望星辰，看著星星對我眨眼睛，也喜歡大自然潑灑的彩霞，為不捨離去的白日，留下殷紅的記憶；凝望，讓我的思緒飛得好遠好遠，渲染了整片天空。捨不得動物難過，所以只吃蔬食，讓動物們快樂的與家人長相廝守。

部落格：「飛梭，時光。」

http://mypaper.pchome.com.tw/theriverinmymind

童話觀

童話，讓想像成真，彷彿以手指輕輕碰觸，就能伸過空氣中那隱微隔著的透明邊界，來到其實一直存在的想像國度。

巨大的能量，讓人瞬間回到童年無憂無慮的時光，重溫潛藏內心深處對世界的信賴與希望，流動的溫暖，為內心灌注滿滿的力量。

《巨人普拉拉》是小男孩威得最喜歡的一本書。打開繪本，一頭金髮的普拉拉，高得穿越雲層，他是雲上世界一座樂園的總司令，普拉拉喜歡讓孩子們緊抱他的手指，玩超級刺激的雲霄飛車，孩童歡樂的笑聲四溢成彩色的棉花糖，飄落在雲裡。

儘管故事情節早已倒背如流，但每天，威得一定要看一次《巨人普拉拉》，因為普拉拉是他的好朋友，讓他無比快樂。每每闔上書本，他依然一遍遍回想著故事情節；在他心裡，故事並不虛幻，普拉拉好像真的存在於這個世界。

也因此，這一天，在第一時間裡，他發現書裡的普拉拉不一樣了！

第一頁裡，普拉拉應該要坐在大石頭上，但他卻不見了！

「該不會是幻覺吧？」他摸摸自己的額頭，沒有發燒！揉揉自己的眼睛，沒有眼花！

「怎麼會這樣呢？」他快速的往後翻開第二頁、第三頁……，想看看後面的巨人還在不在？沒想到普拉拉竟然在書頁的邊緣遊走，憂鬱的望著書裡的天空。

威得覺得好奇怪，普拉拉怎麼能夠離開故事的情節，遊走到別的頁面呢？

從此，威得每天醒來的第一件事，就是蹦蹦跳跳跑到書櫃，抽出心愛的《巨人普拉拉》，看看普拉拉回到第一頁了嗎？

「離家出走」的日子裡，普拉拉始終不像威得記憶裡那樣鮮明快樂。半透明的身影重疊在圖片上，不是顏色變得黯淡，就是愁眉苦臉。有時候，他坐在第二頁的河邊沉思，有時，在第七頁的山谷旁大喊，但有那麼幾天，普拉拉乖乖的留在原來的那一頁，身體卻變得很清澈、透明，彷彿只要伸出手指觸摸，就可以穿過他，到另一個神祕的世界。

這天晚上，威得做了一個夢。

夢裡，他走進一片彩色森林裡。林間的鳥啁啾著快樂的旋律，空氣飄著一股甜甜的氣息。不遠處傳來嘩啦嘩啦的水流聲，被微風吹拂而輕晃的樹葉縫隙，隱約可見一道棕色的瀑布，旁邊立著一個大大的告示：「可樂河」。

「可樂河？不會吧？世界上有那麼好的事情嗎？」平常媽媽覺得白開水比較健康，不讓他喝可樂，但想起同學偶爾分享的可樂，那甜甜的滋味，真是讓人難忘！不知道可樂河喝起來的味道，是不是像記憶裡那樣甜美呢？

威得期待的往瀑布走去，瀑布嘩啦嘩啦的聲響越來越大聲，甜甜的氣味也越來越濃，飄散的冰涼水氣讓他的臉頰有些濕潤，一條棕色的河流在眼前展開，潺潺的蜿蜒著。

「哇！可樂河！太棒了！」棕色的河流映著陽光，上頭有他的倒影，他跪在地上掬起一把河水，湊近嘴邊喝了起來，「真的是可樂！」他興奮的捧起第二把，耳邊突然傳來

巨人普拉拉

一陣奇異的窸窣聲，讓他停下了動作。

威得側耳聽著，想聽聽看這聲音到底是從哪裡來的呢？

「我說呀！這該怎麼辦呢？」有人在說話！

聲音來自森林。好奇的威得放輕腳步走過去，發現有一些人在那裡。威得覺得這群人好面熟，他們的臉與腦海裡的記憶快速比對著，突然，他驚喜的說：「啊！這些不都是我所看過的童話人物嗎？」

各式各樣的童話人物圍繞在一座晶瑩剔透的巨大水晶簇旁談論著。

「你們看！他再這樣意志消沉下去，恐怕會消失在童話世界裡！」仙瑞拉焦急的拍動透明的翅膀飛上飛下。她曾經萃取花朵影子做成一件隱形衣，卻在獻給貓皇后時，隱形衣被皇后的利爪給抓破消失而引起皇后大怒，只好運用貓草轉移注意力逃出月華王國。

水晶簇峭直的晶壁裡，透著普拉拉微駝著背坐在山洞裡，手掌遮著臉的沮喪模樣。

「啊！他甚至縮小了！我們得想想辦法救救他！他是我們的一份子！」某一個新版小紅帽這麼說著。她在那個故事裡成為了醫生，還幫滿肚子都是石頭的大野狼開刀，讓改過自新的牠重新在草原上活蹦亂跳。

「我那天看到他，他在小溪旁低聲哭泣呢！我悄悄靠近，原本想安慰他，溪面映照的景象卻讓我嚇了一跳！有藍天、白雲，就是沒有他的倒影！」憂心忡忡的人魚公主浸泡在一旁的小溪裡，一圈迷你的深色海洋繞著她。這位人魚公主找到了時空旅行的方式，想盡辦法拜託作者安徒生讓她和王子在一起。

「沒有倒影？」

「怎麼會這樣呢？」大家議論紛紛。

「沒有倒影的人，會忘記自己從何而來，該往哪兒去，最後從童話世界裡消失啊！」曾經生長在花苞裡的精靈小男孩沙比驚訝的說著。在屬於他的故事裡，他因為一個人類女孩的「記得」，順利變成了人類。

「是啊！就是知道事態的嚴重性，所以召集大家一起來想想幫助普拉拉的方法，別讓這位憨厚的好朋友消失在我們的世界！」一旁大樹上的樹洞說話了。這個善良而多愁善感的樹洞，曾經因為一對向他傾訴的好朋友吵架而感傷著，後來在啄木鳥、跳蚤及螞蟻的合力幫助下，寫好了一封葉子信，順利讓這對好朋友和好如初。

隨著童話人物說話，過往的故事情節清晰的自腦海裡浮現，那些幸福的結局漾著美好的氛圍，但他們的話，卻讓威得越聽越緊張，普拉拉是他最喜歡的童話人物，他可不希望普拉拉消失。於是他鼓起勇氣往前走去，對著那群原本存在於書裡如今卻近在眼前的童話人物說：「不好意思！請問你們所說的，是這個巨人嗎？」

威得的手上不知何時多了一本《巨人普拉拉》，果然是夢，什麼都變得出來。

大夥兒轉了過來，彷彿彼此間有心電感應，目光由茫然轉為驚訝，又閃過一絲欣喜。

一個蓄著山羊鬍的長者說：「沒錯！就是這個巨人。」威得記得他，他曾經在敘述著他的故事書裡，率領七十隻羊打贏十隻彩虹狼。

他們對著威得綻開笑靨，突然喊著：「太好了！救星來了！」「救星來了！」歡呼聲此起彼落，威得一頭霧水，心想：「救星？是指我嗎？我只是一個小男孩啊！」

似乎真的有心電感應，長者點點頭說：「我們可以感受到你閱讀的態度，如果你喜歡我們，我們便有了生命。即使你闔上書本，我們仍在書本裡呼吸，甚至當你看著我們，想起相關的回憶，編織起天馬行空的想像時，我們的故事也開始產生了變化，『句號』那塊大石頭從山坡滾落，我們又開始往前走，展開了新生活。是你的情感，賦予了我們生命，也是你的情感——相信童話，所以你才能到這片童話森林裡看見我們。拯救巨人最適合的人選，非你莫屬！」

「我？」

「是的，請你救救巨人，他就快要從童話世界裡消失了！」

「那我該怎麼救他呢？」

「雖然我們可以在各個故事的世界裡穿梭，然而一旦故事的主角封閉了自己的心靈，我們就踏不進他的世界。唯一的入口，就是你這位忠實讀者房間裡的《巨人普拉拉》。」

童話人物們點點頭，紛紛伸出手掌彼此交握著，光芒自他們的掌心間綻放，長者慈祥的向他叮囑：「進去的方法，就是用你的心靈之鑰打開它！」

「心靈之鑰？」

「嗯！你必須要非常非常的相信，相信那是一個真實的世界，你的心就是一把鑰匙，能讓你順利的進入普拉拉的世界！」

「來吧！讓我們為你加油！」

威得伸出手一起加入，彷彿陽光自雲層四射，掌間的光芒迸發，世界突然變得亮白一片，沒有了聲音，沒有了氣味，掌心交疊的童話人物也消失的無影無蹤。威得倏地睜開了眼，藍色的天花板，火車造型的燈飾……，他回到房間了，躺在昨夜入睡的床上。

「這是一場夢嗎？」他喃喃自語。

但他手中緊握著的袋子告訴他：這並不是一場夢。他彷彿還聽到光芒消失之際，長者在耳邊的叮嚀：「這三瓶可樂，能在拯救巨人的過程中帶給你幫助，它們是許願可樂，能達成三個願望！」

＊

威得從床上一躍而起，興沖沖的跪在書櫃前，小心翼翼抽出《巨人普拉拉》這本書，「你必須要非常非常的相信，相信那是一個真實的世界，你的心就是一把鑰匙，能讓你順利的進入普拉拉的世界……」長者的聲音自記憶的漣漪裡泛起，他手指輕觸著封面，閉上眼，屏住呼吸，專注的回想著書中的一切情節，一遍又一遍，一次比一次快，一趟比一趟鮮明，他感覺到越來越強勁的風將頭髮往後吹，故事的畫面開始交錯著一些粗黑的線條，想像的奔跑中，那些線條如柳條般隨著他奔過而揚起。

「巨人坐在一個山洞裡，一個巨大的山洞裡！我就在那個山洞裡！」堅定的信心讓他鏗鏘有力地念著內心的期盼，突然，風止住了，四周瀰漫著一股陰冷潮溼的氣味，膝蓋跪著的不是房間的木質地板，而是夾雜著小碎石的乾燥泥地。

「呼！呼！呼！」不敢置信的他幾乎喘不過氣，狂跳的心臟裡鼓譟著按捺不住的興奮，「我……真的辦到了！我真的進來了！」

他睜開眼睛，眼前坐著一個和他一樣高的普拉拉。垂頭喪氣的模樣，令人相信：即使這一刻出現在他眼前的是隻凶猛的老虎，普拉拉也不會移動半分，為自己的生命奮鬥。

普拉拉落魄的模樣，讓他由衷感到難過。他考慮著自己該怎麼開口，怎麼向如今變成小孩子般大小的巨人解釋自己出現的原因，以及想要帶給他的幫助。

正躊躇著，原本一動也不動的普拉拉卻先開口了。

「威得！」

受寵若驚的威得，頓時漲紅了臉，他所喜歡的童話人物，竟然知道他的名字。

「對！我知道你叫威得，每天，你拉開了我的世界，一遍又一遍的讀著我的故事。」

沒有等他回話，普拉拉繼續說著：「我知道你是來幫助我的。但我實在不曉得自己是不是能夠接受幫助。我…沒有辦法從震驚與憤怒中走出來……。」小孩模樣的普拉拉突然看起來很蒼老。

喜歡的童話人物真實出現在眼前，還能夠知道他的想法，就好像心儀的偶像，突然背出了只有他才知道的日記一樣，令人羞怯。但威得嚥了嚥口水，鼓足了勇氣，說：「我知道你一定發生了什麼事，你在書頁裡消失了，這並不尋常！」

屈膝坐著的普拉拉撥弄著身旁的小碎石，彷彿裡頭滾

動的是他的回憶。半晌，他開口說話了：「我一直以為，我有一個愛我的媽媽。而我，也因此擁有生命的意義，不斷將歡笑帶給其他孩子。」威得立在山壁旁，靜靜的聽。

「打從我懂事以來，就沒有見過媽媽，」普拉拉抬頭看看威得，臉上帶著一抹奇異的笑容，「或許童話世界的人物，不見得都看過媽媽，你知道，有些人物一開始出現在故事裡，就已經是成年人了。所以我不應該奢望太多。」

「但，我跟其他人不一樣。」他頓了頓，又繼續講：「我的媽媽留給我許許多多的童話書，當我在故事的世界裡獨自成長時，這些童話帶給我無數的樂趣，它們彷彿是母親的化身，給予我愛與呵護，直到我長大。」

威得點點頭，認真的聽著。

「我一直以為，媽媽在我很小的時候便去逝了。但前陣子我在真實森林的透明果裡看到：她其實是離開我，離開童話世界去找尋一個不知名的東西。被遺棄的悲傷席捲而來，這麼多年來，她遺留的愛支持著我成長，到頭來，我卻只是一個被放棄、沒有人愛的孤兒。」普拉拉垂下的黑色眼簾，恍如一席夜幕，藏著無數憂傷的星星。

威得屏氣凝神，不敢太大力呼吸。他知道，剛剛提到的事情，跟普拉拉的轉變有很大的關係。他心想：「我該怎麼幫助巨人呢？……對了！」他悄悄從袋子裡拿出許願可樂，一口氣喝下，甜甜的，透著花朵的芬芳。最奇妙的是，他的心裡興起一股新奇感，莫名的信心遊走全身，他有一種預感，這時候，他要做什麼事，都輕而易舉，並且容易成功。

他在心裡默禱著：請讓我們回到生命之初。

普拉拉突然訝異的抬頭，似乎知道他許的願，囁嚅的說：「不……我不認為我想去……」話還沒說完，堅硬的山壁似乎被隱形的畫家以水彩筆大力揮灑，瞬間，他們置身在一個女巨人的房間。這個巨人挺著大大的肚子。彷彿資料連線，他們知道這個女巨人所有的感受——懷孕初期的害喜，比腸胃炎還不舒服的孕吐；為了孩子的健康，她捨棄最愛，改吃對胎兒有益的食物；懷孕後期的水腫，讓她每踩一步，腳就痲痛一次。幸好不是每一件事都那麼委屈，當胎兒在肚子裡胎動時，她欣喜洋溢。

威得及普拉拉對看一眼，這個女巨人和普拉拉有著一頭一樣耀眼的金髮，他們的直覺告訴他們——這就是普拉拉的媽媽。

房間開始高速旋轉，終於停下來時，普拉拉的媽媽已經要生產。她滿頭大汗，咬緊牙關，臉因用力而漲紅，嘴唇卻因失血而蒼白。突然，普拉拉抱著肚子，大叫了起來：「哎呀！好痛！」嚇了威得一跳，但普拉拉那痛得冒冷汗的模樣，可不是開玩笑的。

原來，這次不只是資料連線，還親身經歷了生產的痛苦。

當畫面轉換到普拉拉的嬰兒期時，消失的疼痛感並沒有讓普拉拉鬆一口氣，反而心有餘悸的回想：「那就像是想上廁所的肚子痛，但足足有二、三十倍那麼強！好像有人拿著一支鍋子般大的湯匙毫不留情的往肚子裡用力剮，痛得忘記了還有全身，彷彿只有肚子存在，承受著無盡的痛苦。」

可是，普拉拉的媽媽經歷了那麼大的痛楚，當普拉拉誕生時，那嬌柔的哭聲，卻喚起了媽媽的微笑──疲累、蒼白、心滿意足的微笑。

威得偷偷的發現，普拉拉的眼角噙著淚光。

嬰兒時期日夜顛倒，半夜哭鬧的普拉拉，只在媽媽溫柔的懷裡沉沉睡去；聽到雷聲時嚎啕大哭，是媽媽輕拍著他的背，哼著溫柔的曲調，安撫他入睡；還沒有長牙時所吃的黏糊食物，是媽媽以小石棒細心槌打磨糊，讓他安心吞食，才沒有嗆到之虞；生病時，媽媽的憂心，好像汪洋大海，漲滿在她的雙眸裡……

「為什麼她要離開我呢？」普拉拉沮喪的搖搖頭，不可置信的看著眼前如此深愛他的媽媽。

畫面轉換到媽媽離開的那一天，她低頭親吻普拉拉，含著淚說：「寶貝，媽媽生了一種病，據說只有童話世界及真實世界交界處才有治療的藥，為了你，媽媽會努力去找尋。我相信，屬於你的故事，會將你照顧得很好。」她頻頻回頭，眷戀不捨的離開了。

他們兩個陷入一股默然，山洞在不知不覺間回復原狀。

「原來，媽媽並不如我想像般那樣遺棄我。」普拉拉低著頭說。

「有時候，現實逼著人做出不得已的決定。她很愛你。你身上流著她的血，你的生命是她吃盡苦頭孕育出來的……。」威得突然成熟的說。

「我了解。但，我暫時還是回不去了，無法再回到那個讓孩子歡笑的巨人普拉拉。當我誤解媽媽時，我開始不相信那些曾帶給我溫暖的童話，我不確定我現在還有沒有愛人的能力，讓雲端上的孩子快樂。」了解真相後的普拉拉開始有長高的趨勢，但看起來依然不是巨人，只是一個成年人類。

「也許，你該去看看那些喜歡你的人。」剛喝下第二瓶許願可樂的威得這麼說。

「我希望，我們能夠看看普拉拉多麼受歡迎！」威得誠摯的許願。

瞬間，他們坐上通往各個時光門的火車。這一扇門打開，是圖書館，一群孩子各自捧著喜歡的書，安靜的進入自己想要去的世界。一個害羞的男孩，正滿臉喜悅的沉浸在普拉拉的故事裡。

另一扇門打開，是一個客廳，爸爸和孩子擠在沙發上，一同分享普拉拉樂園的歡笑。他們又駛進了書櫃，每本知情的故事書以極小的聲音交談著：「希望普拉拉快點回來，我們想念他！」這會兒，門又開了，火車輕悄悄的駛向小孩的床邊，媽媽擁著神情滿足的孩子，念著即將讓眼皮合起來的最後幾句「普拉拉」……

普拉拉驚奇的發現，原來，那麼多人喜歡著他，淚水再度盈滿——這一次，是感動，不是悲傷。

*

恢復朝氣的普拉拉，即將還原成原本的大巨人。

「當我認為自己被母親遺棄時，我的世界崩塌了，就像將要停電的夜晚，燈光閃了又滅，滅了又閃，我的心靈，幾近枯萎。」普拉拉彎下腰來，「謝謝你！如果不是你，我真不知道是不是能夠回來這裡。」他摸摸飄浮在旁的小雲，還有上頭十分迷你的孩子們，誠摯的對威得說。

威得不好意思的搔搔頭。

「我想，不管母親在哪裡，在這世上或是不在了，她依然留在我的心裡，如同她當年對我那毫無保留的愛。」普拉拉迅速長高，地上拉出了高大的影子。他露出潔白的牙齒，一臉陽光的向威得說掰掰。臨入雲端之際，他的聲音飄下來：

「我不會忘記你的！我的好朋友！」

*

威得拿出最後一瓶許願可樂，在甜美的汁液流入口中時，他許了個願：「我想回家！」

只那麼一瞬間，童話王國消散，他已站在自己的房間裡。

威得回到房間的第一件事，便是到書櫃裡抽出《巨人普拉拉》，看看他有沒有出現在第一頁呢？

翻開封面，映入眼簾的第一頁裡，普拉拉正對他燦爛的笑。咦？旁邊那是什麼？森林裡，一群童話人物圍繞著晶瑩剔透的水晶簇開心的歡呼，並紛紛看向他，有些對他投以讚許的眼神，有些吹起了口哨，音調聽起來，像是……「你真棒！」

威得開心的對他們揮揮手，「哇！他們也進入普拉拉的故事了。看來，哪天如果他們跨過書頁走進我的房間，一點也不奇怪！」

經歷了這奇幻的一切，心裡仍有種不踏實的夢幻感，但，一股真摯的感覺卻在他心裡熱烈鼓動，催促著他去做一件事。陪著普拉拉回到母親懷孕、生產的時刻，他突然意識到平常對他嚴格要求的媽媽，在他小時候，一定也像普拉拉的媽媽，細心呵護著懷中的小生命。如果不是媽媽的照顧，他現在就無法健康平安的站在這裡。跟普拉拉比起來，他好幸福──有媽媽一路陪伴長大。

威得打開房門，他知道媽媽在哪裡。現在，他最想看到的，是媽媽帶著愛意的笑容。

威得在廚房找到媽媽，喜孜孜的望著她笑。

媽媽摸摸他的頭，親切的說：「威得今天怎麼那麼開心啊？」

原以為早已告別的普拉拉，其實正在雲上看著這一切，揚起嘴角會心一笑。隨著視線拉遠，威得家的房子逐漸變小，直到小得像一塊積木一樣。

他回頭，對手指上期待著要玩超級雲霄飛車的孩子們說：「準備好了嗎？要開始囉！」

雲端響起孩子們開心興奮的尖叫聲。

＊

威得的真誠，打開了他與普拉拉之間的世界通道，威得在書裡看見普拉拉，普拉拉也能在自己的世界角落找到威得。這場拯救任務裡，普拉拉療癒了母親離開的傷痛，而威得也因此感受到媽媽對他的愛。

「故事雖然存在於書裡，但也許，書本只是一個框架，把生命與世界微型縮影，而童話與真實的邊界，也始終模糊著。想像，讓所有的事物融合在一起，總有著驚奇等待我們去發現。」威得在日記本裡這麼寫著。

他雀躍的打開《巨人普拉拉》，把手指貼在普拉拉那被許多孩子抱著的手指上。普拉拉笑瞇瞇的對他眨眨眼，威得默契的閉上眼。瞬間，一陣風往他吹來，他的身體往後飛揚，下一秒，他已抱著普拉拉粗壯的手指，玩起刺激有趣的雲霄飛車。

「啊——」四周開心的尖叫聲不絕於耳，在他把書闔起來之後，興奮的笑鬧聲依然在書頁裡迴盪。

他細心的將《巨人普拉拉》放回書櫃，小心翼翼的。因為，那是普拉拉的世界，普拉拉的家，如今，和他溫暖的家在一起。他知道，他和普拉拉將會是很好很好的朋友，一直到很久很久以後。

——原載二〇一三年六月二十八～三十日《更生日報・副刊》

編委的話

● **何文捷：**

原來普拉拉並不寂寞的，只因為他沒注意到，世界上有這麼多小朋友喜歡他。這故事在告訴我們，人如果喜歡自怨自艾，就是在自己鑽牛角尖，要多想想自己擁有什麼，懂得感恩與惜福的人最快樂。

●**黃彥蓉**：

普拉拉因為沒有媽媽的愛而難過，可是想想，這不是他願意的，萬事萬物的出現都有它的道理，只有接受它，適應它，學習放下才能得到更大的快樂。

●**詹皇堡**：

人生必須有愛，不管是家人的愛還是朋友的愛，想要得到別人的愛，自己就要先去愛別人，否則你就會變成普拉拉，整天愁眉苦臉找不到愛。

一閃一閃亮晶晶

／陳志和

◎ 插畫／ Kai

作者簡介

我的人和我的名字一樣平凡，喜歡讀書與寫作，尤其愛寫童話故事，樂在其中，不知老之將至。

童話觀

看著自己創造出來的人物躍然於紙上，展開奇妙的冒險，就能為自己平凡的生活，激盪出一點小火花。「千年暗室，一燭即明」，火花雖小，只要能一直維持下去，我相信，一定有更多意想不到的身影，述說一個又一個的故事。

在最遙遠的天際角落掛著一顆黯淡無光的小星星，而他最不喜歡聽見的歌曲，就是「小星星」。

「什麼掛在天上放光明，我身上這丁點亮光，連腳邊都照不清楚。天神大人，這真是太不公平了，我已經被你無情的擺在最邊緣的位置，為什麼我還不能擁有耀眼的光芒？這樣地上的人們，怎麼可能注意到我？」

天神聽到小星星的抱怨，二話不說，立刻放大他的亮度，足足比原來多了十倍，對於自己換上一身光采奪目的新衣裳，小星星感到十分滿意，心想：「這下子，總算可以名符其實的聽著人們唱著『一閃一閃亮晶晶』。」

過了一夜，小星星的心情依舊不佳。雖然他變亮了，可是他發現大家都只對著夜空中央的星星唱歌，根本沒人注視他，小星星忍不住抱怨：「天神大人，請你行行好，把我移到中間一點的地方，才會有人瞧見我的新模樣。」

天神聽到小星星的話，不囉嗦，指頭啪答的彈了一下，就將小星星變到了銀河中央。小星星感覺脫離了那個鳥不生蛋的邊疆，自己的人生從此一片光明，他很有信心可以吸引眾人的目光。

一夜過了，小星星的心情盪到谷底。雖然他站上舞台的中心，可是周遭的星星個頭都比他來得大，人們眼睛的聚光燈停留在小星星身上的時間少得可憐。他又發起牢騷：

「都是因為我長得太小，他們才會看不見我。天神大人，請你大發慈悲，把我變得又高又壯吧！」

天神聽到小星星的怨言，默默的伸出併著的大拇指與食指，在空中上下左右各拉開一道弧線，同一時間小星星就感覺自己的身體被拉長拉寬，看到自己變得壯碩不少，小星星更有自信可以得到更多人關愛的眼神。

然而一夜過後，小星星的心願並未達成。他自以為靠著身材的優勢可以搶到更多風采，沒想到在眾人的眼中，變大的小星星，在浩翰的銀河中，其實並沒有變大多少，更不用講可以搶走多少目光。

小星星不甘心的問：「為什麼他們都不看我？我知道了，一定是有太多星星擋住了我，人們才會看不見我。昨天晚上，我清楚聽見有人說：『我找到獵戶座的腰帶了！』、『那個是北斗七星嗎？』、『天蠍座的心臟看起來真的是暗紅色的。』就是有這麼多的星星阻礙著我，我才會被人冷落。天神大人，請你送佛送上天，好事做到底，把其他的星星全趕到一邊，讓我獨占整個夜空吧！」

天神聽到小星星這樣誇張的請求，欲言又止，閉目思索了一會兒，接著雙手向兩旁一攤，整條銀河就像摩西出埃及時的紅海一樣，被分成兩半，所有的星星都被推擠到銀河的兩端，偌大的天空只留下小星星高掛其中，面對空曠無垠的蒼穹，小星星絲毫不覺得寂寞淒涼，反倒生出萬丈豪氣，認為這是一個千載難逢的好機會，獨領風騷，就看今夜。

夜幕降臨，小星星滿懷信心，低聲吟唱著：「一閃一閃亮晶晶……」然後他用盡全力一邊發散光亮，一邊等著迎接人們的讚嘆與注目。

「咦！今天晚上的天空好奇怪啊！怎麼滿天的小眼睛都不見了，只剩下一顆星星？」

「對呀、對呀，真是好奇怪。」

每個抬頭眺望星空的人，無不對自己目睹的情形感到不可思議，而小星星則是得意洋洋的享受著這個遲來的主角光環，他全身上下、從頭到腳被人們焦灼的眼光盯看得發燙。他感覺像這樣獨一無二的擁有所有人的注意，滋味實在太美好了，他願意付出任何代價，只求這樣的時刻能永久延續。

正當小星星還陶醉在眾人的目光之中，突然有人冒出了一句：「有流星。」每個人的眼睛立刻變心轉向追逐流星。

「在哪裡？在哪裡？」很快的大家便將注意力從小星星身上移到一瞬即逝的流星，在一聲又一聲的驚呼中，所有人都忙著捕捉流星的身影、忙著抓準時機好好許願，才一下子就再也沒人去看小星星一眼，他感到一股寒意，一路從頭冷到腳，又從腳冷到頭。

小星星難以忍受自己費盡心力才得到的關注，居然如此短暫，他知道只有化為流星，才能扳回一城。於是他再度開口向天神要求：「天神大人，請你……」小星星的話還沒說完，天神就明白他的意思，祂只輕輕嘆了一口氣，小星星就發覺自己開始燃燒，渾身發出火樹銀花般的光芒，比他本來的光亮更勝百倍，小星星了解自己成功變成一粒流星了，他興奮的滑過眾人眼前，忍不住要好好重溫人們對他所行的注目禮，可是他還來不及感受投射在身上的目光熱度，下一秒就灰飛煙滅，歸於寂然。

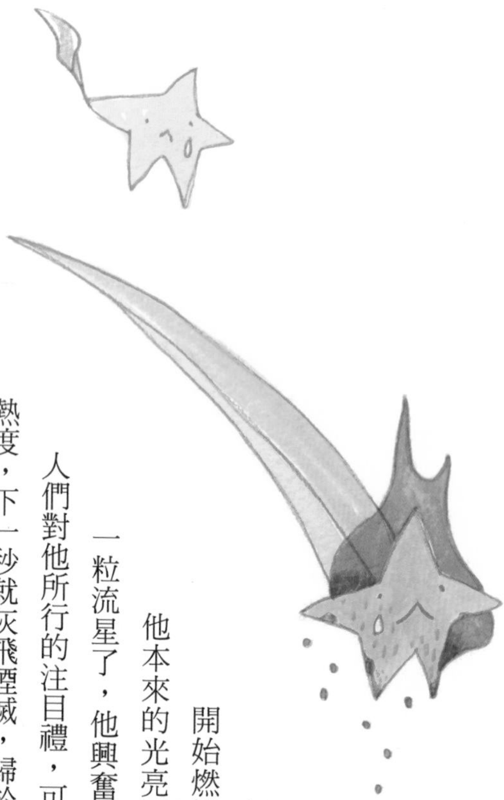

天神雙手一攏，群星又回到原來的位置，銀河恢復原狀，在繁如恆河沙數的星空下，蒼老的聲音教唱著稚嫩的童音熟悉的曲調：「一閃一閃亮晶晶……」一代又一代的傳唱下去。

本文榮獲一〇二年桃園兒童文學獎童話故事組第一名

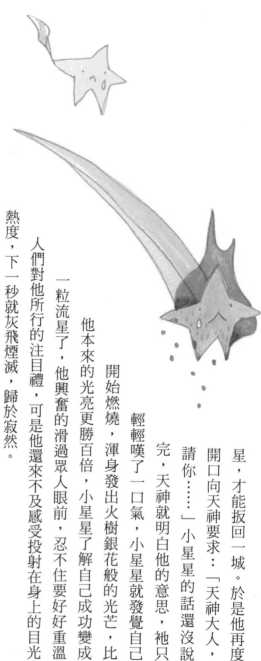

編委的話

● **楊子葳：**

小星星太自大了，自大就成了臭屁，臭屁的星星就只能當一顆流星，一閃而過，什麼也留不下來，我喜歡默默的發亮，成為黑夜裡，千萬星星中的一顆。

● **詹皇堡：**

人的眼裡不能只有自己，宇宙很大，要往外看出去。

● **劉冠庭：**

何必什麼事都在乎別人的看法？真正做自己最好。

卷二

熱氣球草原

功夫魔法四聖獸

／林哲璋

◎ 插畫／劉彤渲

作者簡介

來自兒文所。 信奉淺語的藝術，嚮往「writes cats and dogs」；希望取悅未來的大人及長大的小孩！

曾獲牧笛獎、教育部文藝獎、九歌年度童話獎等；出版有「用點心學校」系列、「屁屁超人」系列、「仙島小學」系列、「不偷懶小學」系列等。

童話觀〈魔法像是一種潔癖〉

座騎是　用來打掃的工具　寵物是　酷愛洗臉的貓咪

巫婆　有魔力因為　她　有潔癖

茅山道士拿拂塵　神燈巨人鋪魔毯　觀音菩薩灑清水

金箍棒扯蜘蛛絲　大釘耙堆枯葉子

月牙鏟除草整地　唐三藏收三徒弟　證明魔法就是一種　潔癖

新同學的新學校

「吸吸呼呼吸……」

「吸吸吸呼呼……」

講臺上，杜老師教授著內功吐納法，但新轉來的「孟小然」注意力卻無法集中。

「基本吐納法可變化不同功法。」杜老師要大家一起練習——

吸吸呼呼吸

呼呼吸吸呼

呼呼呼吸吸

吸吸吸呼呼

「第一拍的『呼』和『吸』可互換……」杜老師望向教室後方：「來，請王小渙同學幫我們示範！」

王同學站了起來，用力吐納：

吸吸呼呼吸

呼呼吸吸呼

「吸」呼呼吸吸

吸吸吸呼呼

接著，他口中唸唸有詞：「白日依山盡，黃河入海流，欲窮千里目……」

「大家注意了！」杜老師提醒學生。

「更上一層樓！嘿！」王小渙縱身一躍，從地板飛上天花板……

「各位，看清楚了吧！」杜老師滿意的點著頭：「這就是王同學家傳的輕功招式『登鸛雀樓』心法，十分適合初學者入門練習！」

孟小然下巴差點掉下來……從小，他就被老爸送進「讀經班」，讀經班也教「唐詩」，這首〈登鸛雀樓〉孟小然也背過，說的是詩人到風景區遊玩，登高望遠，觸景生情……怎麼這學校拿來教「輕功」？而且，那同學竟然真的飛起來了——整整「一層樓」高！

下課鐘聲響起，一位小女生走到孟小然座位旁邊，沒好氣的說：「我是本班的班長，我姓柳，家傳絕招是『江雪』二連發，你咧？你家的絕招是哪一招？」

「什麼絕招？」孟小然一頭霧水。

「別裝蒜了！」柳班長勾著孟小然的肩膀說：「別這麼小氣，秀一下嘛！」

孟小然還在設法了解班長話中的意思，一旁同學卻嘻鬧起鬨：「哈，班長女生愛男生！」

孟小然還沒意識過來，班長臉色已經鐵青……

有同學發現了，緊張的大喊：「糟糕，班長生氣了！大家趕快回座位……」

「千山鳥飛絕……」柳班長一個回身，雙掌直直朝向起鬨的同學伸出：「萬徑人蹤滅！」

可憐的同學們原本想以跑百米的速度逃回座位，但……來不及了！柳班長一喊完，雙掌掌心出現龍旋風一般的掌風，把教室走道上的同學全部吹出了教室。這些小朋友好像被塗上了強力膠，牢牢的黏在穿堂牆壁上，臉皮被掌風吹得歪七扭八，臉上被班長嚇得欲哭無淚。

「這……這首詩是說有一位漁夫在大雪的天氣裡釣魚，因為天氣嚴寒，禽鳥和行人都不見蹤影……不是嗎？」這一招石破天驚的「萬徑人蹤滅」，完全顛覆了孟小然在讀經班所學的詩詞意涵。

「那是一般凡人理解的唐詩……」柳班長一副「秀才遇到兵，有理說不清」的無奈表情：「我這絕招一出，凡是站在走道、街道或小徑上的『人』們，一定會被我的掌風吹到無影無蹤！」

孟小然的大絕招

孟小然好不容易熬到放學回家，一進門，立刻衝進房間，把讀經班提供的《唐詩三百首》找出來，在目錄上的「五言絕句」那一章中找到〈江雪〉這首詩——

〈江雪〉　柳宗元

千山鳥飛絕，萬徑人蹤滅；
孤舟簑笠翁，獨釣寒江雪。

孟小然衝下樓，將在學校遇到的怪事告訴爸媽，想不到爸媽一點都不驚訝，反而氣定神閒的告訴孟小然：「兒子呀！以後如果有人問起，你就回答我們是孟夫子的傳人……」

「怎麼……今天連爸媽都怪怪的？」孟小然心中大驚。

「兒子呀！我們都是儒俠集團的後人，很多大俠都把家傳的武功心法，藏在詩詞裡，獻給當時的盟主──『衡塘退士』！當時他負傷擊退邪惡的『聱牙宮』宮主『晦澀翁』，為了怕黑暗勢力捲土重來，冤冤相報，殃及無辜。盟主便下令集團成員隱姓埋名，躲藏民間……」爸爸拍拍孟小然的肩說：「要不是聽說新任『晦澀翁』已經前來尋仇，還傷害了不少儒俠後代，我們也捨不得送你去『少年寺』小學受訓呀！」

「這一切都是夢吧？」孟小然覺得這太扯了。

「聽過『雲州大儒俠』史豔文吧？他是我們集團最後一位公開身分的名人……」媽媽很認真、很嚴肅的說。

口說無憑，孟小然決心要爸媽提出具體證據：「好！那麼，今天我們班長秀了一招『千山鳥飛絕，萬徑人蹤滅』，差點把我嚇死。爸、媽，你們示範一下我們家的絕招吧！」

只見爸爸臉紅的低下了頭，支支吾吾說：「呃……你也知道老爸個性叛逆，小時候沒好好聽爺爺的話練功，所以我只學會了一招……」

「一招也好，使來看看呀！」孟小然心裡倒是十分期待──若是能學到班長那樣的好功夫，實在也不能說是一件壞事。

老爸依舊吞吞吐吐：「我……我這招『春曉神功』口訣心法在『春眠不覺曉，處處聞啼鳥，夜來風雨聲，花落知多少』這首詩裡……」

「使出來呀！我們家這招能把人打到多遠？把物品捶成多碎？來，爸，這張椅子讓你試……」孟小然急忙將坐著的實木椅遞給老爸。

老爸沒接過去：「呃……事實上，『春曉神功』重點不在使招式，而是練內功……顧名思義：『春眠不覺曉，處處聞啼鳥』——就是練超強聽力；『夜來風雨聲，花落知多少』——無論在多麼吵雜的環境裡，用耳朵數東西絕不出錯。一旦練成，聽力能是常人的好幾百倍……」

孟小然有點失望……聽東西聽得很清楚，算什麼蓋世武功嘛！

老爸大概查覺了孟小然的心聲，安慰他說：「別這樣嘛！老爸不是送你去『少年寺』小學了嗎？你可以慢慢學呀！」

「現在學，來得及嗎？」

「這你就得感謝我啦——也得感謝你爺爺——當初因為我不想學，不肯練，他老人家想出了能在不知不覺中鍛鍊我的方法，偷偷將家傳絕學教給了我……」老爸說話時，眼中充滿淚光。

「爺爺是用什麼方法呀？」孟小然還滿好奇的。

「用內勁彈耳朵！你爺爺每次處罰我，都是彈耳朵！彈愈多下，彈愈用力，耳朵經脈運行愈強，愈能打通閉鎖經脈！到最後，我練到睡熟時，都能數出鳥的啼叫聲和花朵、花瓣、樹葉落地聲……」

「難道……」孟小然突然想起，小時候老爸和他玩遊戲，輸家的處罰方式永遠是「彈耳朵」！

「沒錯，老爸從小就偷偷訓練你，幫你奠定基礎！」孟爸爸很得意的說：「還記得老爸常教訓你——囝仔郎有『耳』沒嘴——就是為了加強你『處處聞啼鳥』的功力！」

走廊上的比武秀

第二天上課，果然，孟小然一公開自家絕學，立刻引來全班的嘲笑。

「你能聽出剛才我偷偷放的屁有多長嗎？」有同學故意鬧他。

「五又四分之一秒！」連孟小然都驚訝自己能準確回答……

就這樣，孟小然整天如坐針氈的熬到了下午，他想著撐過最後一節，就可以回家撲進爸媽的懷裡取暖訴苦了……

「快來看！」有同學在走廊上大喊：「班長和李白同學又在比武了！」

「李白？詩仙李白？」孟小然被趕著看熱鬧的同學擠向走廊，有同學見他一臉狐疑，好心為他解釋：「『李白』是她的姓啦！她爸爸姓李，她媽媽姓白，由於她爸媽都堅持孩子跟自己姓，為求公平，於是李和白都成了她的姓……至於為什麼不是姓『白李』，那是因為她爸爸猜拳猜贏了！」

走廊上，柳班長正準備使出「萬徑人蹤滅」的絕招，她對面的馬尾小女生卻突然將髮束拿掉，大喊一聲：「白髮三千丈！」瞬間她銀白挑染的頭髮拉長了數十倍，直向柳班長捲來。

「可惡，是新的招式！」柳班長手腳都被頭髮牢牢綁住，想使出掌力，卻絲毫動彈不得……

「再嘗嘗我這招——朝如青絲暮成雪！」李白同學大喝，整頭長髮全變成純白色，而且隱隱透出寒意：「看我把妳凍成冰山美人！」

「哈！就等妳出這招！」柳班長冷笑一聲，從袖子裡抽出了一支伸縮釣竿，以手腕的寸勁甩了出去：「看我的……孤舟蓑笠翁，獨釣寒江雪！」

釣竿上的魚線順勢將李白同學的長髮綁回她的頭上去……看來，柳班長占了上風。

「用兵器是吧！」李白同學不甘示弱，從書包裡拿出了一把琵琶，迅速彈奏了起來……

「糟糕！那是她媽媽教她的——〈琵琶行〉裡的絕招！」同學提醒孟小然趕快按摩

眼睛周圍的穴道：「那招『大珠小珠落玉盤』，很恐怖耶！」

孟小然當然不敢遲疑，立刻照做。只見李白同學彈起琵琶，聲音直竄耳膜，再鑽入腦袋，樂音教人頭痛欲裂、眼睛發腫，好像兩顆眼珠都快掉出來！

「幸好李白同學功力、火候還不是很夠，要不然，她這招可會讓水汪汪的『大』眼『珠』、瞇瞇眼的『小』眼『珠』統統掉出來呢！」在同學的驚恐聲中，柳班長叫了暫停——她說她晚上要去驗光配眼鏡，現在不可以拿眼睛開玩笑。

最後一節的上課鐘響，剛好上的是「音波功」！由於自己家傳絕學著重聽覺，加上見識到李白同學琵琶「魔音傳腦」的厲害，孟小然對音波功課程，感到十分好奇。

「音波功的起源，可以追溯到戰國時期的孟子——孟大俠！」杜老師提到孟子時，還瞄了孟小然一眼：「當時戰場上的士兵，在撤退時，使用『笑聲』運作輕功，使得原本只撤退五十步的兵士，能夠立刻追上已經撤退一百步的同袍……一般民眾以為『五十步笑百步』是指『龜笑鱉沒尾』的意思，只有我們武學家才看得出其中奧妙！」

上過讀經班，也讀過《孟子》的孟小然，正喝了口水，聽了杜老師一席話，不小心嗆得把水全噴了出來。

「音波功後來分為『樂器學派』和『聲樂學派』，後者以金毛獅王和包租婆女俠的『獅吼功』為最高境界！獅吼功創始者，即蘇東坡好友陳季常的夫人，她一招『河東獅吼』功，威震天下！」

四聖獸的第五隻

杜老師正滔滔不絕，學校的警鈴卻響了起來！

「糟糕！敵人找上門了！」杜老師緊張的說：「快，大家快到密室避難！」

孟小然不明白發生了什麼事，柳班長拉著他的領子，一把將他丟進了「入口隱藏在廁所裡」的密室。

密室裡立著四座裝飾品，北邊是黑色龜蛇（玄武）形魚缸，南方是紅色朱雀鳥燭台，西方是銀白色金屬猛虎，東邊是木製五爪青龍。

「這就是末代武林盟主留下的聖物，」杜老師將同學安頓好後，為新轉來的孟小然介紹：「傳說，收集到四聖獸，就能得到盟主畢生的功力，如此一來，就不怕聱牙宮宮主晦澀翁來搗亂了。可惜，我們收集到了四聖獸，卻不知如何從中取出盟主的功力……」

就在這時，學校工友賀老伯衝進來說：「敵人已來到密室門口！」

「快！我們快進第二層密室！」

第二層密室裡，有著一模一樣的四聖獸……

「剛剛的密室是欺敵用的，」杜老師首次公開這祕密：「希望聱牙宮的人誤以為找到了四聖獸，而放棄追殺……」

「杜老師，我看情勢緊急，我還是把四聖獸收到安全的地方吧！」賀老伯拿了大鐵箱，準備把四座雕像裝進去。

杜老師並無異議：「反正擺出來，也找不到啟動聖獸、得到功力的方法！」

「賀伯伯，請等一下，」孟小然突然想到什麼：「我媽媽平常煮菜喜歡搭配五行蔬果，她說五種顏色都要均衡攝取——青、白、紅、黑、黃！」

「然後呢？」所有人都看著孟小然。

「五行顏色代表『東、西、南、北、中』五個方位，現在只對應四隻聖獸，明顯少了一隻！」孟小然大膽推測。

「對！少了『中』間的『黃』色——如果真有第五隻聖獸，那一定黃色的！」杜老師覺得孟小然的推測有理。

「能與四聖獸齊名的黃色生物，恐怕不多！」孟小然托著腮幫子說。

「黃熊？」李白同學說。

「太普通！」孟小然回。

「黃鶴？」柳班長問。

「太平凡！」孟小然答。

「那到底會是什麼？」全部同學都快急死了。

「公布答案之前，」孟小然問杜老師：「我想請問老師，賀伯伯這幾天都在學校嗎？」

杜老師覺得奇怪：「是呀！你一進校門就是賀伯伯帶你進教室的呀！」

「那我明白了！」孟小然胸有成竹的宣布：「我認為第五隻聖獸是……黃帝！」

晦澀翁的飛行術

「什麼？」大家面面相覷。

「萬物之靈才足以和四聖獸媲美！」孟小然一邊解釋，一邊搬動，讓四聖獸中間空出位置，他指著這個空位說：「擺一位炎『黃』子孫，『五』行齊全，才能獲得盟主的功力……唉喲！」

孟小然話還沒說完，一個黑影將他推倒，飛進了四聖獸之間，啟動了五聖獸的機關……

「賀老伯？」杜老師、柳班長和全部的學生都不約而同驚呼！

「哈！我乃是新上任的聱牙宮主『晦澀翁』！」假賀老伯站在開始動作的四聖獸之間，冷笑著說：「賀老頭早被我綁在器材室了，我裝成他的模樣，才能引你們帶我找到四聖獸，偷到你們盟主的數十年功力……唉呀！」

晦澀翁話還沒說完，玄武獸噴出尖銳冰柱，朱雀獸吐出炙熱火焰，白虎獸射出鋼刀，青龍獸甩出木槌，把站在中央的晦澀翁弄得左閃右躲，狼狽不堪……

「很抱歉！」孟小然忍住了笑，對著驚魂未定的晦澀翁說：「姓賀的詩人，在末代武林盟主編纂的武功大全集《唐詩三百首》裡，只有一位，詩也只有一首！顯然賀老伯的家傳絕學是『兒童相見不相識，笑問客從何處來』……顯然這功夫應該會『讓小朋友忘了他的存在』！今天，從進校門開始，到現在來到了第二層密室，身為『兒童』的我竟然能一直記住你的身影，認識你的身分，可見你是冒牌貨！」

「什麼？」晦澀翁一臉錯愕。

「我早就提防你了，晦澀翁！」孟小然邊說話，邊將柳班長和李白同學拉到四聖獸之間：「『帝』字是花蒂的象形字，『帝』等於『蒂』、等於『花』，『花』等於『華』！而

『黃色』代表五行方位的『中』，換句話說，『中華』意即『黃帝』，『黃帝』等於『黃花』！中華民族的始祖是『女媧』，所以只有『黃花』大閨女站在這兒，才能正確啟動機關！」

「轟隆一聲！」青龍、白虎、玄武、朱雀，冒出了青、白、黑、紅煙，衝向了柳班長和李白同學的位置……

「白髮三千丈！」

「萬徑人蹤滅！」

「唉——呀——呀——呀！」一連串的慘叫聲，晦澀翁和嘍囉們，被增加數十年功力的掌風、髮絲、釣竿和琵琶聲，震向了天際！

——原載二〇一三年四月《未來少年》第二十八期

編委的話

● **黃彥蓉**：

竟然有人用唐詩當魔法，這真是讓人好奇了，一讀就欲罷不能，結果也讓我很滿意，最不會魔法的人才是真正的武功大俠，很好看。

● **楊子葳**：

看起來最弱的人，其實是最強的，原來他們平常不發威，是為了儲存更多的能量，在最重要的時候出手。像我媽，平時輕輕柔柔，但是如果虎背熊腰的老爸不聽話，她一運起河東獅吼功，爸爸就會乖乖投降了。

● **詹皇堡：**

其實我也有一句絕招沒有使出來哦：「朝辭白帝彩雲間」，大聲念完，立刻飛上青天，「踩」在雲間，這不就上青天了？帥不帥？

年獸的除夕夜　／王文華

◎ 插畫／劉彤渲

作者簡介

住在埔里，白天是老師，晚上是女兒的床邊故事書，歡迎上我的臉書「王文華的童話公園」。

童話觀

為孩子永遠保存一塊瑰麗的園地，湛藍的天空，青翠的草地，永遠要提防的森林，又刺激又有趣，那就是童話。

1. 小強

除夕那天，天氣冷颼颼，小強搓搓手，沒有凍掉耳朵。幸好，沒下雪，幸好，捷運站到了。

人太多，車廂打不開；打開了，又差點合不起來。

還好，小強擠進去了，但是，書包落在外頭。更可怕的是，他陷在人陣裡，胖腳瘦腳長腳短腳，東西南北全是腳，小強喊著：

「別擠過來，你們的腳臭。」

「我也不想呀！」胖胖的腳是大嬸的，大嬸的菜籃裡有胡蘿蔔、鯉魚，和咕咕叫的公雞。

紅的胡蘿蔔、紅的鯉魚、紅的雞冠。

大嬸拍拍他：「弟弟，沒事吧？」

天哪，大嬸穿著紅色的大衣。

「別……別過來……。」

大嬸還是被人推來，原來到站了。下車的趕，上車的急，小強在腳堆裡喊：

「別踢。」

「別踏。」

「別踩。」

「別撞我。」

他氣得眼睛紅了，身體癢了，砰的好大一聲，頭上長出兩根尖角，刺穿他的帽子，哦，他身上還有金色的長毛，連身體也在急速膨脹……

「那是……」

人們很有默契的停止動作，愣了零點零零零一秒後，同時大叫：

「除夕的怪獸？」

他們一愣：

「那不就是年……年獸？」

「年獸來啦！」

掉了高跟鞋，落了名牌包，什麼都不管、不想、不理、不睬，只要往外逃。

不到十秒，捷運站裡就只剩下小強，啊，不對，是扮成小強的年獸。

咯咯咯……

哦，還有那隻公雞，紅衣大嬸忘了帶走的公雞。

公雞咯咯咯走過來，年獸大叫：「紅色的公雞，好可怕。」

年獸變回原形，他說的話，就沒人聽得懂了嘛！

既然沒人聽得懂，所以大家都以為是年獸在怒吼。

吼～

吼～～

吼～～～

老阿嬤摟緊小孫子，媽媽們忙著關緊門戶，爸爸最勇敢，拿著竹掃把，守在廁所裡頭抖抖抖。

很多人都聽過：除夕那一天，住在深山裡的年獸會跑出來，他孔武有力、刀槍不入，那是傳說，原本沒人在意，沒想到今天年獸真的來了。

商店冷清清，大街空盪盪，北風都閃得遠遠的，只有路燈，擔心的照著跑出捷運站的年獸，啊，還有跟在後頭，咯咯咯咯的公雞。

「有一隻紅色的公雞在追我。」

年獸的聲音，在街上迴盪，吼～吼～吼吼吼～～

公雞不知情，以為年獸在唱歌，跟著他，高興的咯～咯～咯咯咯～～

跑哇跑哇，跑到了路口，那是一個超大的十字路口，原本車水馬龍，現在……在年獸和公雞眼前，數不清的小朋友，手裡拿著沖天炮。

後頭還有記者、狗仔隊和閒來無事看熱鬧的人們，人手一台相機，長鏡頭短鏡頭，全都瞄準了他。

「進攻呀！」

不知道誰喊了這一聲。

第一枝沖天炮朝年獸衝來的時候，年獸竟然嚇傻了。

以前年獸媽媽告訴過他嘛，年獸最怕紅色的東西和鞭炮。

那現在……

他轉身，來不及了，第一枝沖天炮在他頭上爆炸，第二枝沖天炮也追來了。還有此起彼落的閃光燈，啪啪啪的，年獸幾乎睜不開眼睛。

年獸雙手亂揮，四處亂竄，記者很HIGH，孩子們也很高興了，這麼有趣的畫面，畢生難逢呀。

鞭炮霹靂啪啦，濃煙滾滾。

但是等到濃煙被風吹散後，人們發現……

年獸不見了。

難道年獸會隱身術？

還是年獸長出了翅膀，飛到天上去了？

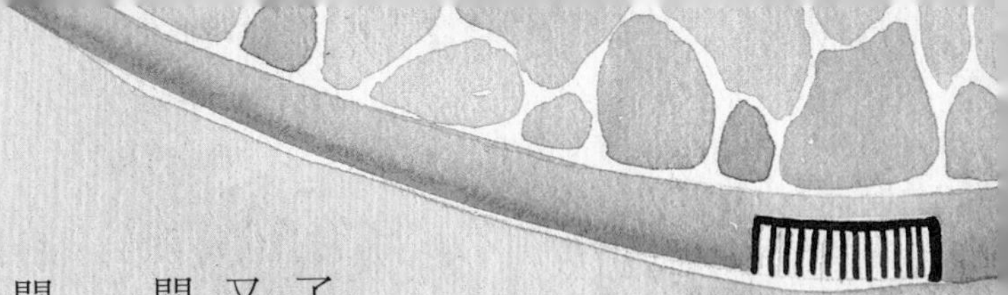

他們忍不住抬頭看看，天上，一彎細細的月亮，再往前走，啊，原來年獸掉下斜坡，正在階梯上滾著呢。

階梯那麼陡，停不下來。

幸好，年獸皮粗肉厚，滾呀滾呀，滾到了坡底，先撞到一顆大石頭，咚的一聲，又向旁邊一彈，咚的又一聲，終於撞到一間燈火通明的屋子。

那門，立刻向兩邊打開……

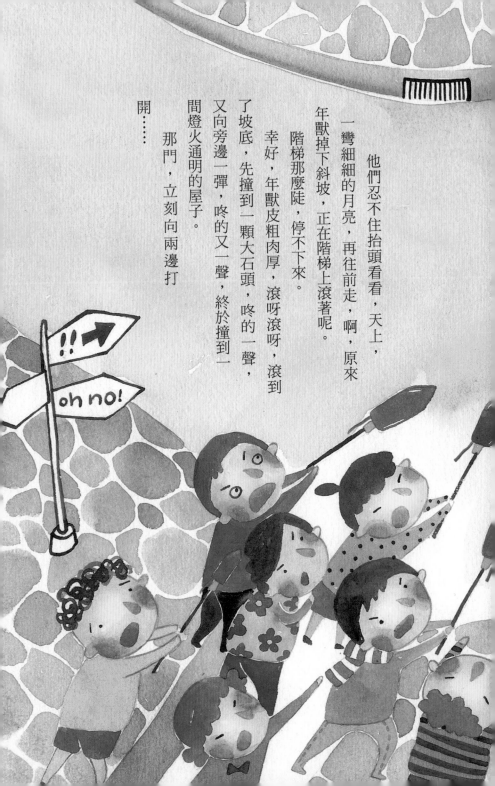

2. 知心小學守護商店

叮咚，門開了。

「歡迎光臨，關東煮買一送三……」賴婆婆搶著把超商的訊息告訴顧客。

通常她喊一次，客人就會買……

門口進來一陣冷風，一隻公雞，後頭，一顆比門小一點點的球。

「天哪，那是……」

那球滾進來，揉揉頭，揉揉腳，哦，原來是年獸。年獸說：「我想買關東煮。」

賴婆婆聽不懂年獸的話，她只聽到年獸吼。

「妖怪……」

婆婆嚇得尖叫：「你想吃什麼儘管拿。」

年獸搖搖手，他書包掉了，不能拿老婆婆的東西。

「你沒錢？」

年獸點點頭。

「你聽得懂我的話。」

「我當然聽得懂呀！」年獸很高興，「我沒有錢買關東煮。大家追我，我只好一直

跑，結果從上頭滾下來。」

年獸的話又快又急，賴婆婆聽不懂，但是她看得出來，這是一隻有禮貌的妖怪。

「我請你吃關東煮。」

「媽媽說不能亂拿別人的東西。」年獸的話像是北風吼。

賴婆婆指指店門口，那裡有張貼紙：「別怕，這裡是知心小學守護商店，小朋友肚子餓了、被壞人欺負了，婆婆都能幫你的忙。」

賴婆婆看見年獸受傷了，金色的血珠，一滴滴往下滴，滴到地上叮叮噹噹響。尖尖的角上，刺穿一頂學生帽……

「你是小學生？」

年獸點點頭。

「來，婆婆幫你敷藥，這裡是便利商店，有OK繃，有消毒水，有關東煮填飽肚子，也有玉米餵公雞……」

她話還沒說完，外頭聚了一大群孩子。

「年獸在這裡。」

「炸年獸，炸年獸，炸了年獸好開心。」

年獸全身發抖，嚇得想躲起來。

賴婆婆拍拍他的手：「別怕別怕，婆婆跟他們講講話。」

她慢慢走到店門口，孩子們大叫：「賴婆婆，快出來，妳店裡有年獸。」

這些孩子認識賴婆婆，他們都喜歡婆婆的親切慈祥，怕她受傷害。

「婆婆，快出來，我們替妳趕走年獸。」

賴婆婆搖搖手：「年獸還小，你們別炸他，回家吃年夜飯吧。」

「可是鞭炮……」一個孩子手裡還有好多沖天炮，他說，「年獸怕鞭炮，用這個炸年獸才好玩。」

「好玩？炸在你身上，你看好不好玩？」

「炸我？」那孩子退進人群裡，「一定很痛。」

「所以不要炸年獸，快回家吃年夜飯吧！」

「我們吃完年夜飯，再來……」幾個孩子互相看一眼，「再來婆婆店裡守歲。」

「好，我等你們來哦。」賴婆婆跟大家揮揮手，孩子們這才漸漸散去。

最後，連最堅持的人也走了。

婆婆的衣服被人拉了拉，她低頭，一個胖胖的孩子望著她，頭上有頂破掉的學生帽。

「你是……」

「婆婆，我是年小強。」小男孩的眼睛晶晶亮亮的，就像年獸一樣。

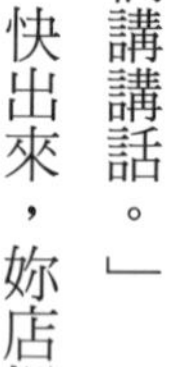

「啊，我聽得懂你的話了，剛才怎麼沒有變身？」

「我嚇到忘了嘛！」

賴婆婆蹲下來，幫他把帽子戴好：「要不要吃關東煮，你可以帶一些回家……」

一聽到回家，小強大叫一聲：「差點忘了，媽媽在家等我吃年夜飯。」

「年獸也要吃團圓飯？」

小強點點頭：「婆婆來我家作客嘛，妳一定能跟媽媽做好朋友。」

賴婆婆搖搖頭：「我這裡是知心小學守護商店，走不開，但是歡迎你帶媽媽來。」

「好，我帶媽媽來。」

小強走出門外，咯咯咯，又是那隻公雞。

「人不該怕年獸，我也不該怕你，我帶你回家吧！」

黑漆漆的夜裡，有人放煙火，有人高聲唱歌，還有一隻公雞跟著年獸走。

這是除夕夜，賴婆婆也有一個長長的夜要守。

她回頭，正想收拾收拾店裡，卻看見年獸滴下來的血，晶晶亮亮，在地上發出耀眼的光芒，像鑽石的光……

——原載二〇一三年二月八～九日《國語日報・故事版》

編委的話：

●**楊子葳：**

打破傳統不是用嘴巴說，要用行動去做，如果你沒有踏出第一步，永遠不知道你害怕的究竟是傳說還是事實？

●**詹皇堡：**

原來便利商店有守護神的功能，真有趣，下回去便利商店，我要多留意一下了。

●**劉巧華：**

這故事很有意思，破除了年獸怕鞭炮的迷思。其實，害怕來自我們的內心，只有克服內心的恐懼，才能更勇敢，這是我要學習的。

收集眼淚的怪獸

／周姚萍

◎ 插畫／Kai

作者簡介

兒童文學創作者及譯者。著有《山城之夏》、《我的名字叫希望》、《妖精老屋》、《魔法豬鼻子》等書。作品曾獲金鼎獎推薦獎 、聯合報讀書人最佳童書獎、幼獅青少年文學獎、九歌年度童話獎、好書大家讀年度好書等獎項。

童話觀

童話是一只魔術盒子，一打開，便蹦出變幻與驚奇，更會像使了魔術般，讓人們自心的底層，湧起那也許已遺忘、卻最為單純美好的情感。

有種收集眼淚的怪獸，全身幾乎透明，只有最深的黑色，才能襯托出他們的輪廓，他們還輕得像風，因此，人們很難發現他們，不過，奇奇卻意外遇見這種怪獸。

那天傍晚，奇奇在陽台上想念剛到天上去的狗狗貢丸；貢丸就像奇奇的弟弟，每天陪他一起做功課、到公園玩……然而前幾天，貢丸卻生病走了。

奇奇非常想念貢丸，眼淚啪答啪答掉不停，然而，每當他落下一串淚珠，就有一陣風吹來，一下子吸乾眼淚。一開始，奇奇還不覺得奇怪，幾次下來，他忍不住停止哭泣，喃喃念著：「我的眼淚好像一直被吃掉喔。」

當奇奇不再掉淚，風也停了。奇奇對自己說：「可能剛好風太大了。對啊，一定是這樣，哪有東西會吃眼淚呢？」

可是，奇奇要從陽台回屋子時，竟踢到了硬邦邦的東西，他低頭一看，什麼也沒有！「咦？怪了。」他試著再踢一下，「咚」一聲，確實有東西。

奇奇蹲下來摸呀摸，那是個桶狀的東西，晃一晃，還聽得到水聲。「到底是什麼？」

奇奇對著看不見的桶子東摸西摸，還不時晃一晃。這時，天空漸漸脫下夕陽這件彩色華服，換上黑色衣裝。突然，呼咻一聲，一陣強風吹來，奇奇連桶子被大風捲走了。

奇奇聽見風聲不斷在耳邊響著，腦袋還來不及生出什麼念頭，就發現自己落在一個地方，而風也停了。

奇奇睜開眼睛一看，自己正站在發光的地面上，夜空襯托出一隻動物的輪廓。

「這是哪裡？」奇奇緊盯著那隻動物，他似乎看到長著角的頭、有棘刺的巨大身體，以及壯碩的腿、粗短的尾巴。

動物沒回答，反而

問奇奇說：「你看得見我？」

奇奇愈看愈覺得動物像怪獸，於是往後退一大步。

怪獸似乎看穿奇奇，笑著說：「別怕，我是吃眼淚的怪獸，只收集眼淚，不吃人。」他說著，歪歪頭，像問著自己：「怪了，我怎麼把小孩帶到星星上？一定是我忘記帶回眼淚桶，趕去急著要拿，沒注意到旁邊有小孩，就把他一起捲上來。」

奇奇訝異的問：「這裡是星星？」

怪獸點點頭，「是啊，我們收集眼淚，帶到這裡發電，星星才會亮。」

「星星用眼淚發電才會亮？」

「沒錯。」

「眼淚能發電，好奇怪。」奇奇喃喃自語。

「有什麼好奇怪的，眼淚很有力量耶，不管是想念的眼淚、生氣的眼淚、高興的眼淚，都充滿力量。因為思念、生氣、高興當中，本來就包含力量。好了好了，不跟你多說，我先把你送回去，然後要趕快工作。」怪獸呼咻颳起強風，捲起奇奇。風聲不斷響著，奇奇還來不及生出什麼念頭，已經發現自己回到家。

不久，爸媽回來了。吃過飯，他們若無其事的問奇奇說：「不去公園玩嗎？」

奇奇搖搖頭，心想：貢丸都不在了，公園還有什麼好玩的？

自從貢丸離開後，奇奇都不像以前一樣，吃完飯就散步到公園，在公園玩一陣子後，再跑去陪同棟公寓獨居的林奶奶。

奇奇回到房間，想著剛剛的奇遇，想著怪獸的話，並問自己：「想念……真的有力量嗎？如果有，那麼，力量在哪裡呢？」

他望向窗外，突然，看到一顆好亮的星星，「啊！一定是怪獸正在發電，星星才這麼亮。」

星星好像具有吸力，奇奇不由得走出房間，跟爸媽說了一聲，然後跑出門。他循著和貢丸散步的必經之路來到公園，星星高掛在一棵黑板樹上方。

時間有點晚了，奇奇的朋友都回家了。他靜靜坐著，一會兒看看星星，一會兒像瞧見自己正和同伴追逐，貢丸也在其中蹦蹦跳跳……

奇奇待了好一陣子，才循原路回家，快到家時，他再抬頭看星星，星星還是好亮。當他移開視線，瞥見他家公寓二樓的林奶奶，正站在陽台發呆。

奇奇走上二樓，林奶奶家的門又忘了關。很久以前，有次奇奇帶貢丸去公園，回來時，林奶奶家的門開著，貢丸從門縫鑽進去，急得奇奇大叫：「貢丸，不行啦！貢丸，出來！」但貢丸偏偏賴在裡面。奇奇常看到林奶奶不帶笑容的站在陽台發呆，所以有點怕她，但貢丸闖進人家的家裡，他只好硬著頭皮去道歉。沒想到，一進去，就看到貢丸跟林奶奶撒嬌，林奶奶也露出難得的笑容。

那天開始，每次去公園回來，貢丸就溜門縫到林奶奶家，奇奇也只好一起進去。時間久了，奇奇明白，林奶奶並不是不愛笑，她太寂寞了，沒人講話，沒人陪，哪來的笑容？每天，有了奇奇說學校趣事給她聽，有了貢丸倚著她撒嬌，她的眼睛漸漸亮起來，笑容愈來愈多。只不過，幾天前貢丸離開後，奇奇都沒再踏進林奶奶家一步。

奇奇「咿呀」一聲推開門，走進林奶奶家。林奶奶一看到奇奇就露出微笑，眼睛也亮起來，並搜尋貢丸的蹤影。奇奇想到貢丸，喉嚨像有東西哽住，才開口說了：「貢丸……」兩個字，就忍不住哭起來。

林奶奶抱住奇奇，輕拍他的背，柔聲說著：「沒事，沒事。」

奇奇抽抽噎噎、好不容易才把「貢丸到天上去了」這句話說完，林奶奶沒停下拍背的手，說著：「哭出來，哭出來沒關係……」

奇奇放聲大哭，哭得什麼都顧不上，臉頰上的眼淚濕了又乾，乾了又濕。等他抬起

頭，發現林奶奶也淚痕斑斑。爸媽總是害怕奇奇難過，說話小心翼翼，更不在他面前提起貢丸，害他只敢躲起來哭，現在有人陪著哭，感覺好多了。

奇奇哭夠了，想到剛剛收集眼淚的怪獸應該又來過，便趕緊抬頭看星星。過了好一會兒，那顆閃爍的星星好像真的變得更亮。

那晚，奇奇陪林奶奶坐在陽台看星星，還將遇到怪獸的事，假裝是個從書上看到的故事，說給她聽。林奶奶聽了詫異的問：「哦？眼淚充滿力量啊？想念也充滿力量嗎？」

奇奇點點頭說：「嗯，我覺得是耶。」

第二天開始，奇奇又像貢丸還在似的，吃了飯，散步去公園跟同伴玩，然後去陪林奶奶。當他又充滿生氣的跟朋友跑跑跳跳，當他又說起好玩的事，讓林奶奶眼睛發亮，笑得開懷，他也正一點一點找到——想念的力量。

——原載二〇一三年十二月二十二～二十三日《國語日報・故事版》

編委的話

● **何文捷：**

想念的力量最大，像故事裡的男孩，貢丸雖然死了，但是男孩的眼淚，卻能讓天上的星星補充電力，要是真的有眼淚怪獸，我會一直想念我家的小黃，希望我流過的眼淚，都能在夜晚，變成一閃一閃的星光。

● **詹皇堡**：

讀完這篇故事之後，我覺得好可惜，聽媽媽說我小時候挺愛哭的，那些淚水都沒有好好收集起來，不然放到天上去，我想，亮度直逼國慶日的煙火表演吧？太可惜了。

● **劉冠廷**：

如果這故事成真，那夜晚的天空，是多少人的眼淚在閃爍？那是想念什麼呢？我很好奇。

有尾的無尾蛇 ／楊隆吉

◎ 插畫／劉彤渲

作者簡介

台東大學兒童文學研究所碩士。網路「達拉米電子報」主編。作品曾獲九十四年年度童話獎（九歌）、蘭陽文學獎等。著有《拳王八卦》、《愛的穀粒》、《四不像和一不懂》、《山豬小隻》、《超級完美的願望》、《鷗吉山故事雲》；個人部落格：http://piccc.pixnet.net

童話觀

讀童話，有懂得、有快樂、心意舒服……，那便是彼此都還有著童心的年輕。謝謝讀者們，我會繼續寫，也歡迎大家繼續看哦！

從前，有一本很久沒人看的漫畫書，書裡，有一片很寬闊的原野，原野上，住著無尾熊有偶和響尾蛇不溜。

有偶是夜行性動物，不溜為了配合有偶的作息，有時特別也改為白天睡覺，晚上才醒來。他們常常一起在夜裡活動，抓蟲、吃樹葉、欣賞夜空……

不溜記得有偶曾經羨慕過自己響亮的尾巴，某一年，有偶生日，不溜就將自己的尾巴，送給有偶：「生日快樂。」

「謝謝妳，不溜，我很喜歡這樣的生日禮物。」有偶感激的說，立刻就將不溜的尾巴「裝」上去，成為一隻「有尾熊」。

「不客氣。」看著有偶很快樂，不溜自己也很高興。

「不溜，妳少了尾巴，不會怎麼樣吧？」有偶有點不太放心。

「還好啦！頂多就是一隻無尾蛇而已，沒關係。」不溜若無其事的說。

三天之後的一個上午，有偶在樹上睡覺，不溜在草叢中打盹，有個草藥店的店長——無毒，一眼瞥見草叢裡的不溜，立刻就用鐵夾把不溜夾起來，丟進布袋裡，準備帶回去當成藥材，喃喃的說：「哦！今天真好運，撿到蛇頭！」

「哎呀！我不是蛇頭……」不溜在布袋裡清醒，大喊。無毒沒聽到，更不用說是樹上正在睡夢中的有偶。

後來，不溜就在布袋裡，隨著無毒的腳步走走停停、搖來晃去，布袋外頭，還不時的丟進羊角豆、白馬蜈蚣……等藥草。

經過了一段不算短的時間，無毒才完成收集藥草的工作，回到店裡，把布袋裡的藥草全部倒出來，準備分類……

不溜混雜在一堆藥草中，被倒了出來，一時間還昏昏沉沉的。

「哦！蛇頭在這裡！」無毒撥開藥草，用手指拎起了一小截的不溜。

「我不是蛇頭……」不溜使勁扭動身體，大聲說，只是不溜還不知道，牠再怎麼動，仍然只是一個頭。

「咦？怎麼還活著？」無毒把不溜拿近一點看：「明明就只是蛇頭……」

「我是無尾蛇！知道嗎？」不溜大聲解釋。

「哈哈哈哈……」無毒笑了起來：「蛇最主要的就是尾巴，沒有尾巴的蛇，還是蛇嗎？」

「就是無尾蛇！知道嗎？」不溜被笑，感到有點懊惱。

「不知道。」

「就像我有個無尾熊的朋友，他雖然沒有尾巴，但是，他還是熊……」不溜隨機應變，連忙舉例說明：「同樣的道理，我是無尾蛇，就是蛇的一種。」

「是這樣嗎？」無毒開始有一點相信。

「就是這樣沒錯，簡單說，你只要認明名字的最後一個字就好了。」不溜的口氣很像老師：「再舉個例說，稻草人，就是人。」

不料，不溜話一說完，原本站在草藥店門口的一個稻草人，彷彿被解開魔咒似的，一拐一拐的從門口走進來：「對啊！我也是人，無尾蛇說得沒錯！」

無毒看著稻草人走進來，嚇了一跳，倒吸了一口氣，努力鎮定下來。

「你看吧……」不溜看著稻草人也進來幫腔，覺得更加有自信。

「算了，是人就是人，是蛇就是蛇，我還有事要忙……」無毒頓時覺得不溜和稻草人有點煩，突然想起自己還有事情要做，無毒把不溜放到地上，轉身蹲下，準備將撿回來的藥草整理一下。

稻草人聽到天天見面的無毒，竟然也開始相信他是人，高興得很，湊到無毒的身邊：「謝謝你相信我，我來幫你忙吧！」

「對啊！對啊！我們來幫你。」不溜也附和。

無毒沒好氣的說：「免了吧！你是稻草人，你不懂的。」

「沒關係，不懂也是一種懂。」稻草人說出了一句很聰明的話：「而且，你只要教我，我就懂了啊！」

「對啊！你教我們。」不溜說。

無毒覺得又好氣又好笑，只好停下來：「看你們這麼熱心，那我就教你吧！」無毒忙完藥草分類，接著還得把藥草熬成湯，送到其他地方。心想，有人幫忙也好，完成的速度比較快。

無毒轉過身，面向稻草人與不溜，像自然小老師那樣，教了起來：「注意看，等一下，需要分類的有這幾種……，這是羊角豆，看好哦！長長的這個，放這邊；這是白馬蜈蚣，你們看它的葉子邊緣，有一點點的鋸齒狀，擺這裡；白花虱母子……」

不溜與稻草人似懂非懂，聚精會神的聽著。

「……這樣，知道了嗎？」無毒把全部的藥草分類都講解了一次。

稻草人與不溜，不約而同的點點頭。

「有問題嗎？」無毒再次確認。

「有，這些藥草放在地上，對我來說太低了，我拿不到。」稻草人的筋骨比較硬，彎腰不方便。

「那我把它們搬到那邊大桌子上……」無毒說著，立刻就捧起地上的藥草，往旁邊的大桌放。順道也輕輕抓起不溜，塞在稻草人的耳朵上方：「妳比較小，把妳放在這裡，可以嗎？」

「好啊！」不溜感覺自己好像稻草人的助聽器。

就在稻草人與不溜的幫忙下，不到一個小時，無毒很快就完成了藥草的分類。緊接著，他拿出大秤子，一樣一樣的稱出每一種藥草應該有的重量，放到煮藥的鍋爐內，加水、開火，開始熬煮。

等待的過程中，藥草的味道溫溫的瀰漫了整個草藥店。

無毒對稻草人與不溜說：「真是謝謝你們的幫忙……，還有，沒想到，稻草人，你工作的速度還真快！」

「不客氣。沒想到，也是一種想到啊！」稻草

人笑著說。

「對啊！以後，你就找稻草人來當你的小幫手！」不溜也贊同稻草人所說的。

「好！不然，等一下，草藥煮好了以後，你去幫我送？」無毒越來越信任稻草人。

「是嗎？真不敢相信！」稻草人覺得很訝異，竟然一下子就可以幫無毒送草藥了！

「不敢相信也是一種相信啊！」無毒學稻草人說話，笑了起來：「只要你相信你可以做得到，你就一定可以做得到。」

「嗯嗯！」稻草人聽了無毒的話，立刻信心十足。

「叮！」煮藥室裡的定時器響了起來，無毒拿著包裝袋，進去準備草藥包。

沒多久，無毒從煮藥室裡出來，拿著四包草藥包，跟稻草人說：「這些藥包，是要給千先生的，你跟他說，早晚飯後各喝一包，連續喝兩天。」

「咦？那麼，千先生住那裡？」稻草人說。

「距離我們店的西方一公里。」無毒說：「他在『正常動物觀察站』，需要保持好眼力，每個星期要喝兩天份的明目草藥包。」

「他幾歲呢？」稻草人好奇的問。

「別多問了，快出發吧！中午以前送到最好。」無毒一邊說，一邊領著稻草人到門口，指向西方：「從這個方向，一直走就到了。」

「可以用跑的嗎？」稻草人問。

「你會跑？」無毒有點不相信。

「會啊！跑得不是比走得快？」稻草人說。

「可以跑，但是四包草藥要拿好，別掉了。」無毒叮嚀。

聽了無毒的答應，稻草人馬上拔腿飛奔，衝向千先生的住所。一路上，不溜第一次見識到稻草人快跑的速度，在稻草人的耳邊一直叫：「太快了、太快了……」

不到五分鐘，稻草人在一片草原上看見了唯一一座瞭望台，他猜，那應該是「正常動物觀察站」，稻草人停下來，在門口大喊：「請問千先生在嗎？」

瞭望台的窗口，探出了一個綠嘴綠臉的綠頭：「有事嗎？」

「您的明目草藥包來了。」稻草人說。

「好的，請等一下……」聽著回答的聲音，顯然，稻草人找對地方了。

千先生接過稻草人的草藥包後，連忙道謝，趕緊開了一包來喝。

「欸……，等一下！我們老闆說，早晚……」稻草人突然想起無毒的交代，要跟千先生說「早晚飯後各喝一包，連續喝兩天。」

「早晚飯後各一包，連續喝兩天，對不對？」千先生喝完一包之後，接著稻草人的話：「這我已經知道了……，其實，我已經慢了一天沒喝，最近視力又開始模糊起來，這會影響我的工作，我得要再回到觀察站上了……」千先生說得匆匆忙忙，轉身，再度登上瞭望台。

「噢！果然不出我所料。」沒多久，稻草人聽見千先生在瞭望台上大叫。

恢復視力的千先生，看見草原東南方大約八百公尺，有一隻無尾熊長出響尾蛇的尾巴，正在樹上睡覺：「這可不得了，擾亂動物長相的秩序，我得趕快通知警察。」

在千先生向動物警察通報後，警察打開資料庫連線，很快的查出違反規定的是有偶與不溜，動物警察按了一個恢復的按鈕，一瞬間，有偶變回無尾熊，不溜也變回響尾蛇……

這一切的變化，在幾乎在十秒之內發生，原本卡在稻草人耳邊的不溜，突然多了一條長長的尾巴，不溜滑過稻草人的肩膀，滑落到地上。

「妳……，妳不是無尾蛇嗎？」稻草人還站在千先生的家門口，驚訝的問。

「我……，我其實是有尾的無尾蛇。」不溜解釋。

「有尾的無尾蛇？」稻草人的腦筋不是很靈光，一時無法理解。

「對，有尾的無尾蛇，也是一種無尾蛇……，如果你不太懂，那就當作我是有尾蛇也可以。」不溜順便跟稻草人說起了與無尾熊有偶的往事……

「原來如此，那我懂了。」稻草人覺得自己懂了一些東西，好像又更聰明了，心情很好：「那麼，我們回去吧！」稻草人突然想起，自己已完成無毒所交代的任務，該是要回草藥店交差的時候了。

一聽到稻草人說回去，恢復為響尾蛇的不溜，也想回去找有偶，看看他怎麼了：「稻草人，我想回去看看有偶，你先自己回去吧！」

「嗯，那我就先回去了。」稻草人跟不溜道別之後，就沿著原路再度飛奔回去草藥店。

可是，正當不溜要回去找有偶的時候，她卻不知該往那裡去？因為她一開始是被無毒撿到布袋裡，所以失去方向感。

後來，不溜靈機一動，回憶起與有偶在一起的頁數，於是，趁著四下無人，她奮力的往地下鑽，從地底的通道鑽出漫畫書，然後，從漫畫書的前幾頁再鑽進去，很快的就找到有偶，重新與有偶過著「在夜裡活動，抓蟲、吃樹葉、欣賞夜空……」的日子。

——原載二〇一三年七月一～十五日《Top945康軒學習雜誌》進階版第二四〇期

編委的話

● **黃彥蓉：**

故事情節曲折離奇，很有趣，書中竟然會跑出蛇來，這隻蛇還是一條有尾巴的無尾蛇，哈哈哈！

●**楊子葳：**

我覺得這個故事很有趣，第一次讀他們說不懂也是一種懂，不會也是一種會時，雖然不太懂，但再看一遍後就覺得這個句法很幽默，我以前沒注意，常常說出這種不經大腦的句子，這真是一篇不錯看的好故事——對了，不錯看也是一種看哦。

●**劉冠廷：**

當我讀到無尾蛇又變成有尾蛇時，我開始狂笑，整個故事都是作者在玩文字遊戲，無尾蛇有尾蛇無尾熊有尾熊，別被這些字詞搞昏頭，再重讀一次，你就能體會隆吉叔叔的功力了。

不卡矮人 ／林怡君

◎ 插畫／Kai

作者簡介

畢業於台北師範學院語文教育學系，台東大學兒童文學研究所。喜歡旅行，喜歡運動，喜歡大笑，喜歡挑戰新事物，喜歡用文字為自己的生命留下紀錄。得過教育部文藝創作獎、桃園縣兒童文學獎，是個古靈精怪又充滿童心的人。

童話觀

自由構築的美麗世界、活靈活現的獨特角色、眼睛一亮的意外情節、默默運行的合理邏輯，再加上永遠澎湃的赤子之心後，就是道可當主菜，也可當點心的好吃童話。請不分時刻，盡情享用吧！

在茂密的不卡森林裡住著一群不卡矮人，森林裡一棵棵的不卡樹是不卡矮人的最愛。不卡樹是十分特別的樹種，每一棵不卡樹都會結出不同的「書果」，當書果成熟時，不卡矮人會去採收書果，接著把書果的層層外皮剝開，小心翼翼的拿出被包在最裡層的書。

不卡矮人是全世界最愛看書的小矮人。只要走進村子，就可以看到不卡矮人們正在看書，有時他們會坐在樹下看書，有時會躺在搖椅上看書，有時還會邊走邊看書呢！

對於不卡矮人來說，什麼疑難雜症都可以透過「書」來解決。每一個不卡矮人都能夠「感受」書裡的內容，他們只要用手指輕輕按住想感受的段落或圖片，就可以有「身歷其境」的感覺。

例如把手指頭放在食譜想吃的菜餚上，就能夠聞到食物的香氣，嘴巴裡也會嚐到食物的鮮美滋味；如果把手指頭放在籃球雜誌上的比賽圖片裡，就彷彿坐在觀眾席，正在為球員加油，緊張興奮的感覺，讓心跳變得好快好快；要是把手指頭放在旅遊書上，一個下午就可以遊覽好幾個國家，不管是北半球、南半球，溫帶或是熱帶，想去就去，說走就走。

除了身歷其境的感受讓不卡矮人對看書這件事無法自拔，看書還是攸關他們的性命的大事。書就是他們的糧食，看書是他們活下去的方法。剛成熟的書果，對不卡矮人來說是補充精神、體力最棒的東西，比起一看再看的書，新書總是讓不卡矮人們更加興奮和期待。

而在不卡森林裡，靠書「維生」的，除了不卡矮人，還有大嘴矮人。大嘴矮人只喜歡成熟的書果，因為裡頭有全新的書。他們無法透過手指頭感覺到書的內容，只有把書舔過一輪，他們才能擁有身歷其境的感受，有時懶得舔，他們甚至連皮都不剝，就把整顆書果給吞下肚。而那些被他們舔過的書，內容都會消失。就是因為這樣，所以每當書果成熟時，大嘴矮人和不卡矮人都會趕緊去採收，因為誰的腳步慢一點，誰就得不到最新鮮美味的書果。

不卡矮人因為時常沉浸在書本裡，所以常常只能撿拾大嘴矮人遺留下來的書果。如果可以在樹叢裡，找到沒被大嘴矮人看見的書果，那對不卡矮人來說，是好幸運的事，整個村子都會因此歡慶不已；不卡矮人也會把那些被大嘴矮人舔剩的書帶回去「加工」一下，試著把被舔掉的圖片畫上去，或者看看前後段的內容，自己寫一段文字，把被舔掉的內容補回去。

最近大嘴矮人不知道是食量變大還是耐性變差，常常等不及書果成熟，就把書果摘下來，沒成熟的書果，裡頭的書根本還沒長成，內容總是缺頭少尾。平常不愛舊書的他們，為了想要吃書，甚至會跑到村子裡偷舔不卡矮人們的書。

不卡矮人們都發覺書本似乎有些異狀。

「咦！這頁的圖怎麼不見了。」

「我這本也是，明明是帆船之旅，怎麼一艘帆船都沒看見。」

「我這本食譜也少了好幾道菜，明明之前我才把書補好？」

不卡矮人們你一言我一語，一番討論後，才發現原來大家都遇到了同樣的狀況。大家心想「該不會被大嘴矮人給舔掉了吧？」

他們決定去問問長老，這究竟是怎麼一回事，又該怎麼辦呢？

不卡長老聽完大家的話後，清了清喉嚨。

「咳，咳。不瞞大家，其實你們說的狀況，我都能理解，最近我也遇到的同樣的狀況。看來大家都遇到大嘴矮人了。」

「大嘴矮人不是只愛吃、舔書果裡的新書，怎麼現在連我們的舊書也不放過了？」

「大家最近有沒有發現，很多書果還來不及成熟就被大嘴矮人給摘下來。書果的產量變少，沒有成熟的書果，沒有新書。或許是因為這樣，大嘴矮人才不得不來舔舊書。」

長老看著遠方的樹林，若有所思的模樣。

「長老，那現在該怎麼辦呢？書果被他們吃掉，舊書又被他們舔掉，再這樣下去，我們還看什麼？還要怎麼活下去啊？」不卡矮人們急著問。

「何況我們一下要補書，一下要看書，真是忙死了！」

「大家平常看了這麼多的書，都是擁有豐富知識的小矮人，讓我們一起想一想，有沒有什麼好法子，可以保護我們的書。」長老打起精神對著大家說。

「那麼就來一場大戰，看誰輸了，誰就必須離開不卡森林。」有人說。

「這怎麼行，大家都是讀過書的小矮人，這樣做太野蠻了。如果被其他族的小矮人知道，我們會被看不起的。」

「把所有的不卡樹全都砍倒，讓大嘴矮人餓死，這麼一來就再也不會有人跟我們搶書果了。」

「是再也不會有人要搶書果了！沒有不卡樹，我們也會餓死，總不能一直看舊的書啊！」

大家你一言我一語的，就是想不出好方法。

「我有個方法。」長老說話了。「這個方法或許能夠解決問題。」長老拿出一本書《催眠術大解密》。

「這本書專門是教人催眠，還清楚記載著被催眠者的經歷，如果可以讓大嘴矮人舔下『被催眠者的經歷』的段落，他們就會沉沉睡去，就可以讓書果有時間成熟，我們也就能暫時鬆一口氣。」

大家聽完長老的方法都覺得很有道理，紛紛表示贊同。

「《催眠術大解密》只有一本，是不夠大嘴矮人吃的，大家分工合作，一起抄，抄越多本，睡著的大嘴矮人越多，和我們爭書果的大嘴矮人就越少。」長老接著說。

「大家分著抄，一定很快就能抄完的。」不卡矮人們異口同聲的說。

大家把《催眠術大解密》裡「被催眠者的經歷」抄寫下來，還刻意把這些段落裝訂成一本本精美的書，在封面寫好了新的書名，像是《你不可不知的不卡森林》、《如何品

嚐好吃的書果》、《書果的祕密》。

但是，要怎麼讓大嘴矮人把這些書吃掉呢？長老召集了大家。

「我們必須找一個最勇敢的小矮人，幫大家把這些書送到大嘴矮人居住的呼喊谷，讓大嘴矮人可以自然而然的把這些書吃掉，有沒有人願意呢？」長老原本覺得，一定沒有人願意做這件事，還想好了要用抽籤的方式，或是提供他多年來珍藏的書果做為獎勵。沒想到艾德居然自告奮勇。

「我去！」在一片靜默中，艾德舉起了手且大聲的說。

「你要去？」不卡矮人們全都異口同聲的問著。

「是的，親愛的長老，讓我去試試吧！」艾德說著。

「艾德，我知道平常你最喜歡看的就是冒險故事，但這次去找大嘴矮人，可不像是故事書裡的情節，書裡的主角去冒險總能全身而退，但這次的情況……」長老眼神裡透露著擔心。

「放心吧！長老，您不是說大嘴矮人最愛吃書，他們又不愛吃不卡矮人。」艾德鬼靈精怪的回答，讓大家都笑了出來，嚴肅的氣氛也輕鬆許多。

「是沒聽說過他們愛吃不卡矮人，但是……」

不等長老講完，艾德就對著大家說：「大家就在村子裡等我的好消息，我很快就會

回來了。」

長老看艾德心意如此堅定，也就決定不阻止他了。

「艾德，這是《我的美味廚房》，這是我最喜歡的一本書，你帶在路上，餓了就看一看吧！」

「這本是《足部按摩法》，對於紓解腳痠很有幫助，你這次不知道要走多久的路，帶在身上吧！」

不卡矮人們紛紛拿出自己私藏的書，希望艾德去尋找大嘴矮人時，可以更加順利。

「大嘴矮人在不卡森林的最深處的『呼喊谷』裡，你沿著森林的小路一路往東北邊走，走到盡頭就可以看到『呼喊谷』了。傳說大嘴矮人通常都在夜間行動，他們長得很矮小，嘴巴和肚子特別大，寬寬的嘴是為了方便吃書，而大大的肚子則是吃太多書消化不良的結果。你自己要多小心啊！」長老對艾德說著。

帶著長老的叮嚀及大家的祝福和禮物，艾德踏上了尋找大嘴矮人的路途。

平時最愛看冒險故事的艾德，一直都希望可以來場真正的冒險。艾德一個人在森林裡的小路走了好久好久，走到天都黑了，他才決定在一棵不卡樹下休息，還拿出了出發前大家給他的書來看。

夜晚的森林，顯得特別安靜，任何一點風吹草動，都會讓人緊張，特別是對於一個

人坐在樹下的艾德。即使他平時愛看冒險故事，也熱愛冒險，但現在森林裡傳來的任何細微聲響，都足以讓他繃緊神經，心跳加快。

艾德正看著《我的美味廚房》，他沒辦法享受書裡的美食，只覺得四周好安靜！艾德心想著，「這種安靜，讓人好害怕啊！」

艾德想起上次看到的書，書上說，「害怕的時候，就應該找其他事來做，分散注意力。」艾德靈機一動，「那我來念書吧！這樣就不會這麼安靜了！」他看著《我的美味廚房》，大聲的念著，「玉米濃湯，材料：玉米

粒、蛋、火腿、太白粉。先將高湯煮滾，倒入玉米粒和火腿，把蛋打散，等水滾後加進去，接著將太白粉加水拌勻，湯滾時，倒入太白粉水，並用湯匙攪動鍋裡的湯，加入少許鹽調味。」

「喝起來應該很不賴。」艾德念完後，用手摸了這個段落。「雖然只有火腿和玉米，但是因為是高湯，喝起來特別鮮美。」

「嘖嘖，我也覺得好喝，這是我喝過最好喝的湯了。」不知道什麼時候，艾德旁邊坐著幾個有著大大的嘴巴和肚子的小矮人。

「你們是該不會就是大嘴矮人吧？」艾德的神情有點緊張。

「沒錯，我們就是大嘴矮人。」大嘴矮人們因為被認出來，開心的答著。「你就是愛看書的不卡矮人吧！」

艾德看著眼前這一群小大嘴矮人，想起自己的任務，準備把那些準備好的「書」拿出來給他們看。

「你好會『讀』書，聽你讀書的內容，比我吃書果還更有身歷其境的感覺。」大嘴矮人的眼神充滿驚喜。

「最近不卡樹的書果我們都吃膩了，我們都好想知道，新長出來的書果有沒有不同的口味。只是，不知道為什麼，這些新長出來的書果，吃起來感覺也沒有以前的好吃。上

次舔了幾口你們的舊書，滋味反而還比較好呢！」另一個大嘴矮人說著。

「噓！你怎麼說出來了啊！」大家連忙制止說溜嘴的人。

「以前把書果吃下肚時，總是不大懂書裡在講什麼？」

「一定是因為你都沒有『細嚼慢嚥』。」艾德說

「不是，不是。」大嘴矮人又說。「是『感覺』！沒錯，就是情感，我覺得你把文字裡的感覺都讀出來了，難怪我聽得特別起勁。你叫什麼名字？」

「我叫艾德。」

「聽艾德讀故事，感覺肚子都不餓了！」

大嘴矮人熱烈的討論著。

「你可以再多讀幾本書給我們聽嗎？」「你讀讀這本《足部按摩法》吧！」

艾德挑了舒緩腿部痠痛的章節，讀著讀著，大嘴矮人們全都露出舒服而滿足的表情。

「也讀讀這本吧！」大嘴矮人們紛紛「點」起書來。

艾德念了一本又一本的書，不管是遊記、故事、小說、雜誌、食譜，大嘴矮人們在一旁都覺得津津有味。

「艾德，聽你讀書好有趣喔！」

「艾德，再讀一次這本書好不好？我好想再聽一次！」

越來越多大嘴矮人聽說有個會「讀書」的不卡矮人，正在不卡樹下讀書給大家聽，紛紛聚集到艾德的身邊，仔細聆聽艾德讀故事。當艾德發現身旁聚集了一大群大嘴矮人時，他拿出了《書果的祕密》，他輕聲的讀：「你的身體越來越疲倦，彷彿快要睡著一般，當我數一、二、三，你就會立刻沉沉睡去。」艾德深深吸了一口氣，然後說：「一、二、三。」就在艾德數完三的時候，所有在艾德身旁的大嘴矮人全都睡著了。

艾德決定趕快回到村子裡，告訴大家這個好消息，他要告訴大家，他找到讓大嘴矮人和不卡矮人都能好好活下去的方法了。艾德一路狂奔，他心想，「只要大家唸故事給大嘴矮人聽，那大嘴矮人不但不會去舔不卡矮人的書，也不會去吃書果，那麼不卡矮人就能吃到成熟又新鮮的書果。」想到這裡艾德的步伐又加快了一些，心也跳得更快了一些。

「艾德，你回來了！」不卡矮人們看到艾德回來，全都又驚又喜。

「你遇到大嘴矮人了嗎？」

「大嘴矮人有沒有把書給吃掉？」

「大嘴矮人睡著了嗎？」

不卡矮人們一個接著一個問著艾德問題，而上氣不接下氣的艾德，還來不及回答問題，就聽到遠遠的從後方傳來一陣腳步聲。

大夥兒全往聲音的方向看過去，「是大嘴矮人！」艾德大喊。

不卡矮人從來沒有見過大嘴矮人，何況是一口氣看見這麼多的大嘴矮人，大家全嚇壞了，一個個趕緊跑回家，抱著家裡的書，深怕被大嘴矮人們全舔掉。

「找到你了！」大嘴矮人們看著艾德，像是找到寶藏似的大叫。

躲在屋子裡的不卡矮人們都覺得艾德這下是凶

多吉少了。

「請你們放開艾德，不要傷害他，我願意把我珍藏的書都送給你們。」長老雙手抱著一大疊書。

「長老，不是這樣的……」艾德急著想解釋。

「『珍藏的書』，聽起來好厲害！艾德，你讀珍藏的書給我們聽好不好？」大嘴矮人輕輕拉著艾德的衣袖。

「好啊！」艾德毫不猶豫一口答應。

「這究竟是怎麼一回事？」長老這下真的被弄糊塗了。

艾德告訴所有的不卡矮人，他意外發現，大嘴矮人喜歡聽故事。「大嘴矮人覺得聽故事，比吃書果、舔書感覺更有趣、刺激，大嘴矮人喜歡『聽書』的感覺，只要我們願意讀書給他們聽，就不會有書果不夠吃、書本內容不見的問題了。」

「真的嗎？」大家都有點遲疑。

「從前從前……」艾德從長老手上接過書，仔細的讀著。就在這個瞬間，所有的大嘴矮人都安靜下來專注的聽著。大家看到這個景象，終於相信艾德所說的話。

「大家應該輪流讀書，艾德不可能一直讀書給大嘴矮人們聽，總不能都不休息啊！」長老說。

大家想了想，決定每天輪流到長老家中，讀書給大嘴矮人聽。自從不卡矮人開始讀故事給大嘴矮人聽後，他們就再也不用擔心書的內容會不見，也不必為了採收書果而緊張兮兮，因為大嘴矮人決定負責採書果的工作，他們會在最好的時間點，摘下成熟的書果，而且要把每一顆採回來的書果，都交給不卡矮人，讓不卡矮人為他們讀。這麼一來，不管是不卡矮人還是大嘴矮人，都可以看到、摸到、聽到更多的書。

不過艾德仍然是最受大嘴矮人歡迎的不卡矮人，大嘴矮人都覺得，艾德是所有不卡矮人中，「讀」書讀得最好的一個。因為艾德讀書時，不但會有語氣的變化，還會為書裡的內容添油加醋，他們最期待聽到艾德自創的情節和內容。

只是，有時艾德說得累了，大嘴矮人卻還不肯離去時，他還是會忍不住又讀起《你不可不知的不卡森林》、《如何品嚐好吃的書果》、《書果的祕密》這幾本書來！

本文榮獲一〇二年教育部文藝獎教師組童話類特優

編委的話

●何文捷：

我家有一個不卡矮人，那是我，我愛書；我家也有一個大嘴矮人，那是我妹妹，她撕書，有一次還被我看見，她把百科全書撕下來吃了一口，所以，我相信這故事是千真萬確的。

●劉巧華：

不卡矮人這個故事真是太有趣了，沒想到書也可以當作食物，我想我也要學學不卡矮人，細細品嚐書裡的萬般滋味，把每本書都品嚐得很透徹，樂在書中悠遊。

●劉冠廷：

書，可以增進我們的知識，看越多，學越多，我要學不卡矮人，當個整天啃書的小書蟲，您也趕快把這本書翻完吧！

卷三

衝天雲霄飛車

蛞蝓找房子

／李瓊瑤

◎ 插畫／劉彤渲

作者簡介

小時候看故事；長大了說故事；未來要想辦法生很多故事。

童話觀

能和孩子的心靈交流，受兒童喜歡的故事，就是一篇好童話了。

在一個剛剛下過大雨的清晨，一隻蛞蝓從潮濕的落葉堆裡，慢慢的蠕動身軀，爬行到一條小溪旁。就在這時，他聽見一聲驚呼：「天啊！你的房子哪裡去了？」

蛞蝓轉頭一看，原來是一隻非洲大蝸牛，正貼在溪石上伸長眼睛瞪著他。

「什麼房子？」

「就是你背上的殼啊！」

蛞蝓看看自己空無一物的背，再看看蝸牛馱在背上的殼，一時間也有點糊塗了。

「呃……我從小就是長這樣子，沒有殼呀！」

「天啊！沒有殼？我簡直不能想像，像你這般連間像樣房子都沒有的生物，要怎麼在這個險惡的大自然生存。」

聽見蝸牛的批評，蛞蝓縮著脖子，彷彿自己做了什麼錯事般，囁嚅的發問：「那怎麼辦？哪裡有賣房子，我立刻去買一間來。」

非洲大蝸牛很好心的指點他：「這條溪裡多的是垃圾，你就學學寄居蟹，趕快找一間房子入住吧。」

蛞蝓到溪裡找了半天，終於找到一間大小適合的房子，是一個養樂多的空瓶子。

「天啊，這是哪來的傻瓜，居然拿垃圾當房子。」

剛剛鑽進瓶口的蛞蝓，聽見這句批評，立刻又從瓶口滑出來。只見一隻螃蟹揮舞著雄壯的大螯，不屑的說著：「找房子就應該找禁得起風吹雨打、日晒霜凍的才行，像我身上的硬殼，就是最棒的房子；否則別人輕輕一腳就把你踩扁，那不如沒有房子，逃命時還輕快一些。」

「養樂多瓶子不行嗎？」

螃蟹沒有回答，伸螯「噗！」的一聲夾裂瓶子，嚇得蛞蝓失聲尖叫。

蛞蝓沒有法子，只好再找新房子，這次他找到一個空罐頭，心想這下總夠堅硬了吧。

「天啊，哪來這麼醜的房子，根本就是破壞市容、有礙觀瞻、不忍卒睹、散播邪惡思想……」

蛞蝓面對這一連串的「打擊」，羞得沒臉見人，完全不敢去找是誰在說話，倒是對方自己走近前來。

原來這次蛞蝓遇到的是一枚珍珠貝，珍珠貝通體雪白，殼面還有波浪般起伏的紋路，貝殼裡躺著一顆碩大渾圓的珍珠，既高雅又有內涵。

蛞蝓感覺自己醜陋的存在，已經褻瀆了美麗的珍珠貝，連忙道歉：「對不起，我立刻把這個破罐頭扔掉。」

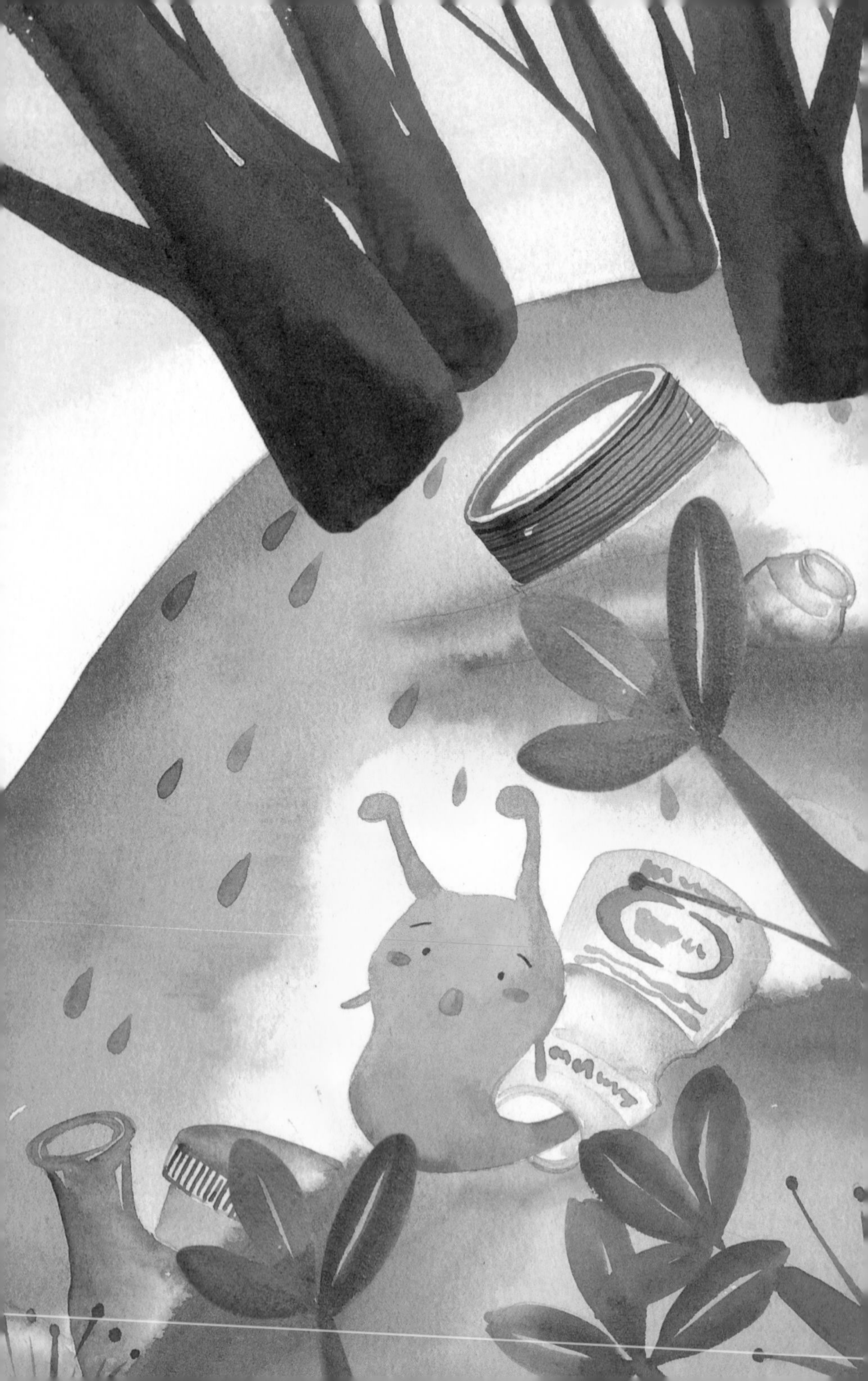

「看你長得這樣醜，沒有一間漂亮的房子遮醜是不行的。」珍珠貝連說話的聲音，都像仙女一般好聽。

「可是，我要到哪裡去找一間既沒人住，又堅固又漂亮的房子呢？」

「這個簡單。我的奶奶過世很久了，她留下了一間房子沒人住，我就把它送給你吧！」珍珠貝很大方的說。

蛞蝓覺得珍珠貝這會兒不僅說話聲音好聽，就連個性都像天使一樣善良，忙不迭的連聲道謝。

蛞瑜鑽進了雪白的貝殼裡，把自己蜷成圓球狀，想像自己是一顆珍珠，開心得整個人都飄飄然的。

「哇！好漂亮的貝殼！」

「這個貝殼這麼漂亮，裡面的珍珠一定更美。」

蛞蝓聽見貝殼外傳來的讚美聲，忍不住暈陶陶的想：房子果真代表主人的地位，沒有房子實在不行啊！

忽然間一陣天旋地轉，蛞蝓連肉帶殼的被人從水裡撈起來，落入兩個釣客手中。

「快，把它撬開。」

「這下我們要發財了。」

只是當釣客扳開貝殼，看到黑糊糊的一團蛞蝓時，整張臉變得比蛞蝓的身體還要黑。

「搞什麼啊，居然是假貨。」釣客生氣的把貝殼往溪石扔去。

可憐的蛞蝓從碎裂的貝殼裡彈出來，「噗通」一聲摔進溪水裡，遇上一隻正在打呵欠的大魚，就這麼「隨波逐流」的沖進魚嘴內，成為大魚的早餐。

蛞蝓死前還在想：啊！這個黑黑的洞穴，又是什麼房子？

——原載二〇一三年五月七日《國語日報・故事版》

編委的話

●黃彥蓉：

人們一直汙染地球，蛞蝓才會誤把瓶瓶罐罐視為家，故事告訴我，要好好做環保，別再破壞環境，只有這樣，我們才能有個更乾淨的地方住。

●詹皇堡：

愛護地球上的萬物，不能光看外表哦，這是一個多元的地球，我們需要多樣的生物哦，青蛙可愛，蟾蜍可愛，連蛞蝓也一樣，只有與這麼多生物共存，地球也會更健康的。

●劉巧華：

我覺得這個故事很有趣，蛞蝓居然不知道自己沒有殼，但我想這並沒有錯，因為，都怪人類破壞地球，亂丟垃圾，才會讓牠們以為自己是有殼的動物。

快和慢的比賽

／鄭淑芬

◎ 插畫／Kai

作者簡介

雖然是三個小孩的媽，仍在做春秋大夢，是個逛大賣場也逛圖書館，拿鍋鏟也拿筆的家庭主婦。

童話觀

最愛林世仁老師的《再見小童》，美麗又深刻；也愛哲也老師的《晴空小侍郎》有趣又充滿想像力！但願也能寫出讓人讀了之後心頭甜甜暖暖的作品。

「快快」是個動作很快的小女孩，書看得快、東西吃得快、電視看得更快，如果這台在廣告，手拿遙控器的她馬上換另一個頻道，每天都有好多有趣的事想做，時間都不夠用，怎麼慢得下來？

話說快快有天一口氣吃了蛋糕、麵包、餃子，喝了一杯奶茶，接著衝去上學，低頭看錶從起床到現在已經過了十五分鐘，以她的標準來看這實在太慢，為了趕時間，她搶了個黃燈，跑到一半黃燈變紅燈，被卡在路中間。來往的車流在她身邊呼嘯而過，學生裙的裙角都飛了起來，車子的擋風玻璃幾乎要碰到她的手臂，真是十分危險。然而快快只想到：「如果剛才跑快一點就可以衝過去了！」事實上，如果她再跑快一點就會遇到和她一樣搶黃燈，一輛飛快甩尾右轉的汽車，那可就不是被困

在車流中而已。

快快兩眼緊盯著紅綠燈，一看到紅燈變綠燈便飛也似的衝過馬路，直奔學校，正當她到達校門口時，肚子突然痛到極點，就這麼痛昏在地上，在她痛昏之前她看了一下手錶：二十分鐘。如果不是那個討厭的黃燈應該不用二十分……

當快快迷迷糊糊醒來，她聽到耳邊有水聲和蟲鳴鳥叫，張開眼，綠色的樹又高又大，滿眼都是綠意，然而環顧四周卻是大大小小的鵝卵石，被太陽晒得暖暖的，好舒服，再仔細看身旁有個老人，赤腳、穿著吊帶褲，身體和臉都胖胖的，頭髮和嘴上的鬍子都白了，正一手拿著釣竿一邊對著快快微笑，整個人看起來就像肯德基爺爺。

「妳醒了啊？」

快快好奇的問：「這裡是哪裡？」

「美國。」

「美國？」奇怪，我怎麼會來到美國？「那你怎麼不是說英文？」

老人笑笑說：「這裡是景色優『美』的『美』國，不是妳想的那個有迪士尼樂園的美國。」

「我怎麼會來到這裡，我有買票？我有坐飛機？還是坐船嗎？」

「沒有，都沒有，妳是『飛』來的，酷吧？我請孫悟空用筋斗雲把妳送來的。」

孫悟空？筋斗雲？快快愈來愈糊塗了，先是肯德基爺爺，再來是美國，現在又來個孫悟空，不僅時空錯亂，連中外都不分了。

「肯德基爺爺你找我來做什麼？」

「『肯德基爺爺』？原來孫悟空說得沒錯，他也老喊我肯德基爺爺，說我跟一個賣炸雞的長得很像，但我可不是，我是『時間老人』，我有的是時間，但聽說妳這小女孩老愛跟我搶時間。」

時間老人停了下來，從水壺裡倒了杯水出來，喝了一口才繼續說：「找妳來，是想讓妳體會『慢』的好處。」

「『慢』？今天下午要比大隊接力，我不回去，班上比賽就輸慘了。」

「哈！哈！哈！真的那麼急？如果可以通過我三道『慢』的考驗，我就讓妳回去。」

時間老人笑笑，不說話，繼續釣他的魚。快快覺得這老人真是不講道理，想找誰就把誰叫來，也不理會她今天有許多重要的事？她氣得眼淚都快掉下來了，時間老人不理她，繼續釣他的魚。

她憤憤不平的問時間老人：「那我現在要做什麼？」

「先這樣好了，妳幫我數數這湖邊有多少顆石頭？」快快看了看，湖很大，如果一顆一顆數不知道要數到什麼時候，快快只好繞著湖邊走邊想辦法。

「可惡的時間老人分明就是要拖時間，這麼多石頭要數到什麼時候嘛？」快快實在不知道除了數還有什麼方法，索性真的數起來，當她數到兩百時，發現才走了一步。

「照這樣下去，要把這湖邊的石頭數完，我可能要走上千步！」沒想到快快這句抱怨的話，卻給了她一個靈感。

她很快的沿著湖岸跑一圈，邊走還邊唸唸有詞，時間老人看快快這個樣子，心想一定是在罵他，不禁偷偷笑了出來。

沒想快快跑了一圈後，馬上就說：「三十七萬一千四百八十九顆。你說答案對不對？」

時間老人笑笑說：「告訴我，妳是怎麼算的？」

「我走一步大概有兩百顆石頭，我沿著湖跑一圈有一千八百五十七步，一千八百五十七步乘上二百，就可以算出大概有幾顆石頭。」

「那應該是個整數啊，怎麼會是三十七萬一千四百八十九顆呢？」

「我想不會那麼剛好吧，所以就自己再胡亂湊個八十九顆。對不對？時間老人你說答案對不對嘛？」

「其實我也不知道有幾顆，不過是想找點事給妳做，沒想到妳這麼快就做好了。既然妳不是隨便說說，有用心，就算妳通過了。」

「什麼連你自己都不知道有幾顆？」快快不滿意沒有正確答案。

「要不，我們一起來數？」

「不！不！不！這樣就好，你改天再自己慢慢數，我得趕回去跑大隊接力！」快快打算趁勝追擊，「時間老人快點，再來第二個考驗！」

沒想到第一個考驗被快快給通過了，為了扳回一城，時間老人想，這次一定要把控制權掌握在自己手上：「如果可以讓我說出『快』這個字，就算妳贏！」

讓時間老人說「快」？快快心想，他什麼事都慢吞吞的，怎麼會說出「快」這個字？這分明是在為難快快嘛！

此時正好有條魚上鉤，時間老人捲起袖子料理起這條魚，同時請快快去樹林裡撿些乾木，慢條斯理生起火後把插在樹枝上的魚交給快快：「孩子，有些事快不得，像烤魚一定要用文火慢慢烤，才好吃。火大只會讓魚的外面燒焦、裡面沒熟。」接著就轉身回頭繼續釣魚。

快快心想：但是有些事就是慢不得，如果大隊接力慢慢走，那就別比了。還有，如果你的肚子痛到非上廁所不可，我看你還會不會說：慢慢來？

時間老人總是一派從容，怎麼樣才能讓他說出快這個字呢？快快邊給魚翻面邊想，一滴魚油滴了下來，嗶啵激起一串火花。「哇，好香！這魚一定很好吃。」

「孩子，根據我數十年烤魚的經驗，聞這味道就知道魚可以吃了，如果再烤下去肉就柴了。」正當此時，釣竿下正好有魚上鈎，時間老人一面和釣竿那頭的魚拔河，一面擔心他愛吃的魚烤過頭，快快看出時間老人的兩難，覺得有機可趁便故意假裝沒聽到。

「吃」是時間老人的罩門，魚更是他的最愛，捨不得親手釣的魚一尾逃走、一尾烤焦，情急之下便喊：「快～」但才脫口

而出，時間老人就覺不妙，這豈不就輸了？便改口說：「筷～子給我。」

「你剛才明明說『快』喔！」快快說。

「才……才沒有咧，我想說的是筷子給我，魚這麼燙當然要用筷子吃啦！」

「才不是！才不是！時間老人賴皮！我要把魚全都吃掉！」

這麼一爭執，時間老人釣竿上的魚早跑了，如果魚又被快快吃了，就兩手皆空，只好承認自己又輸了這局，至少還有香噴噴的烤魚可以吃。為了吃，時間老人什麼都可以放棄。

「好吧！好吧！我輸了。來，我們一人一半。」吃了魚的時間老人一臉滿足：「快快，妳烤魚的技術還不錯嘛！」

吃了魚，快快想起已經中午了，要快點否則趕不上大隊接力：「請問最後一道考驗是？」

時間老人什麼都慢，但吃東西的速度倒是滿快的，時間老人邊擦嘴邊說：「所有比賽都愛比快，為什麼不能比『慢』呢？」

「『慢』要怎麼比？」快快很好奇。

「這裡有兩艘船，我們各選一艘，看誰的船最『慢』到對岸，誰就贏。對了，為了表示公平，妳先選。」時間老人竊笑。

快快想，又不是比快，先選有什麼好處？就隨便選了靠近自己的這艘，時間老人便上另外一艘，他打了個哈欠後，就摘下頭上的斗笠蓋在臉上，躺在裡頭睡起午覺。

看時間老人這麼自在，快快都快哭了，比慢比賽連開始都不知如何開始，更別說贏了，時間一分一秒的過去，快快盯著時間老人，心想有什麼辦法可以讓他動起來，想來想去不僅想不到辦法，時間老人還打起呼來了。

「討厭的時間老人，什麼比慢，你的船都不動，我怎麼贏？」說完這句話，快快破涕為笑：要比慢，沒問題，我聰明的頭腦動得「快」還是可以贏你，時間老人等著認輸吧！

快快起身，輕輕爬進時間老人的船上，悄悄划動船槳，鼾聲連連的他渾然不知自己的船已經被快快划到湖對岸。

快快費了一番力氣把沉睡的時間老人叫醒，時間老人說：「怎麼啦，妳認輸了嗎？」

「要認輸的人是你！」

「我？哈！哈！哈！怎麼可能？」時間老人伸伸懶腰。

「怎麼不可能，你看，你的船已經到達湖的對岸了！」

「我在睡覺，船怎麼會動？是妳划的，不算！」

「不算？」

「對啊！不算。」

「時間老人你不是說：誰的『船』最慢到對岸誰就贏？現在我的船還在原地，你的船已經到了，所以是我贏啦！」

「這……」

時間老人也只能承認腦筋動得快的快快又贏了。只好召來孫悟空用筋斗雲把快快送回去。回去之後，快快正好趕上大隊接力，當然，快快又贏了比賽！

——原載二〇一三年十月四～十日《國語日報‧故事版》

編委的話

● **何文捷：**

做事與其匆匆忙忙，我寧願選擇穩穩當當，先把事做好，再求快。

● **黃彥蓉：**

該快時就要快，該慢慢來時就要慢，凡事不必強求。

● **劉巧華：**

我很羨慕快快，因為我也很希望我做事時速度能加快，這樣大家就會說我做事的效率很好，事情能快快的解決，不會常被大家催，而且，趕快做完還能多點時間玩，其實，我很羨慕快快呢。

北風與男孩

／翁心怡

◎ 插畫／劉彤渲

作者簡介

國小教師，台南大學國語文教學碩士。曾獲海峽兩岸徵文童話優選、語文教材創作優選、台南文學獎、牧笛獎、林君鴻兒童文學獎。

童話觀

一念之間，萬物有情。

1.

下班了，圖書館管理員低頭看了看錶，「唉呀！五點半了，趕不上小寶安親班下課了。」她皺了皺眉頭，匆匆忙忙掃視了一下童書閱覽室，「喀啦」一聲，鎖上了圖書館的大門。

她並沒有注意到有一本圖畫書被一個頑皮的小孩撕了一頁下來，那一頁紙孤單的躺在書架下方的空隙裡。一面是圖畫，圖畫上面只有短短幾行字：

北風使勁的吹，但那個男孩卻抓緊了衣領，把頭埋在衣服下面，毫不鬆手。

圖畫左下角用淡淡的水彩勾勒出一個小男孩的影子，小男孩渾身裹在一團火紅的大衣底下，只露出一顆黑黑的頭，周圍的幾棵樹都朝前方彎腰，快碰到了地上，樹枝光禿禿的，彷彿沒有多餘的顏料可以加上葉子了。

右上角的空白處用黑色顏料用力的刷出一張鼓著腮幫子，像雲朵一般的大臉，原本黑色的大臉逐漸脹紅，嘴巴用力噘著，眼睛越來越凸、越來越大。

突然，大臉「呼」的一聲，小男孩一下子站不住腳，一古腦兒的滾出了紙邊。

「喀喀喀」，小男孩的牙齒還不住的打顫，他一連打了好幾個噴嚏才慢慢站了起來。他吸吸鼻子，拉緊了大衣，沒好氣的說：「北風先生，遊戲可以停止了吧？」

圖畫上黑色的大臉線條慢慢淡出，從紙上化為一道煙飄到了男孩眼前，咻咻咻繞了圖書館三圈，一下子，圖書館裡的氣溫忽然降低了二十度，地面、書架、天花板開始結了層薄薄的霜花，黑臉的北風看了看四周，滿意的點了點頭，接著，他睜著大眼瞪著小男孩，大聲的說：「你還不脫掉衣服嗎？」

原來這本被撕壞的書，書名是《北風與太陽》，北風和太陽打賭，能讓小男孩脫掉身上的大衣才能贏得勝利，無奈千百年來小男孩總是把自己包得緊緊的，北風一直沒辦法贏過太陽，對驕傲的北風來說，他實在快受不了啦！

小男孩一臉委屈的拍拍身上的雪花，大聲的抗議著：「我知道你很厲害，但是我不拉緊衣服，老早就凍死了。」他轉頭望著那本架上的書，雪白的霜已經蓋住了書名，他哼了一聲，「『北風與太陽』，你們兩個一個要把我熱死，一個要把我凍死，你們倆的比賽關我什麼事啊？我只是一個要趕路回家的小孩子啊，媽媽……」小男孩忍不住嚎啕大哭了起來，他的眼淚一顆一顆結成了冰粒，落到了地上。

北風一聽愣住了，他從來沒想過這個問題，他歉疚的望了望男孩，突然想起了自己北國的家鄉，那涼颼颼的雪地、冰原，終年寂靜的白雪，那是他管轄的國土，每天自由

自在的在雪地上奔馳是多麼的快樂呀！他是從哪時候開始跟太陽吵架的呢？他實在想不起來了。

「何況，」他看了看傷心的小男孩，「不知道的人還以為我欺負小孩哩！」他搖了搖頭，「不過，這場比賽輸給了太陽實在令人不甘心啊！」他最後無奈的嘆了口氣。

北風暗自下了決心，他對小男孩說：「這故事的結局一定得重寫！」

他停了停，接著說：「我要贏，而你要回家。」

小男孩嚇了一跳，「家？我的家在哪裡？」

北風一時間不知道該怎麼回答，他想了想，忽然靈光一閃，一轉頭使勁吹下了那本書上的白霜，在滿天飛舞的霜花中，書背上的書名清清楚楚的露了出來。「北風與太陽．文圖：安桀」。

「我們去找他吧！」北風指著作者的名字。

不等小男孩回答，呼呼兩聲，北風已經輕輕鬆鬆的吹開了窗，小男孩跟著抽出了架上的書，當他們踏出圖書館時，天色已經暗了。

2.

「我們現在要往哪裡去呢？」小鎮街道上冷冷清清的，天上已經有幾顆等不及的小星星跑出來眨著眼睛，小男孩站在路邊的樹下，對於自己冒冒失失的跟著北風跑到這個陌生的世界，忍不住感到有些後悔。

「嘿唷……」離開了小小的圖畫書，北風卻開心的大聲歡呼，他已經來來回回繞著小鎮跑了三圈了。

「別擔心，憑我北風厲害的本領，哪有打聽不到的消息呢？」北風信心十足的打著包票，看著北風充滿幹勁的臉，小男孩實在不敢提醒他曾經輸掉比賽的事實。

「請問，是北風先生嗎？」空中突然傳來微弱的聲音。

小男孩和北風都嚇了一跳，他們再仔細一聽，聲音是從旁邊的樹上傳來的。

「你好，我是一棵柿子樹。」旁邊的樹木擺動一下枝幹，很有禮貌的對小男孩點了點頭。

北風挺起了胸膛，驕傲的說：「我是北風，全世界最強的北風。」小男孩偷偷吐了吐舌頭。

「親愛的北風先生，希望你能幫幫忙。」柿子樹彎了腰誠懇的拜託著。

「我的柿子現在還是青的，只有您的幫忙，它才能馬上成熟長大。」柿子樹張開了它茂密的枝葉，男孩果然看見有一只青色的小果子掛在高高的樹上，像個小小的銅鈴。

「那可不行，每顆果子有它自己的時間，你這樣偷跑，那可是做弊哦！」北風大大的搖頭。

柿子樹著急的說：「不不，我並不是急著長大，」它看著自己樹枝上的小柿子，無奈的說：「這條路上的樹最近都要改種行道樹了，我自己也不知道要移到什麼地方。」它悶悶的說著。

「每天晚上有一對婆婆和女孩會到這裡散步，她們喜歡我，會跟我聊天，女孩常常在樹下畫畫。每年秋冬，我會特別為她們留下最大最飽滿的柿子，老婆婆的柿餅是女孩最喜歡的點心了。」柿子樹想起了兩個朋友，露出了笑容。

「今年我是等不到柿子成熟的季節了，我很想送她們一個臨別的禮物，所以我用了全部的力氣才先長出一顆小果子……但是，」柿子樹很認真的看著北風，眼裡帶著請求：

「如果沒有北風先生的吹拂，我的小柿子是絕對無法提早成熟的呀！」

北風寒冷的心中突然感到了一股熱呼呼的溫暖，他想了想，提醒柿子樹：「我可以幫你的忙，但是，寒冷的風難免會令你受傷的哦！」

柿子樹連忙說：「沒關係，拜託你了！」柿子樹張開了全部的枝葉，它並不想放棄。

北風聚集了全身的力量，呼的一聲鑽進了柿子樹中，他在樹葉間來回穿梭，一次又一次加強了自己寒冷的力量，柿子樹籠罩在一片酷寒的北風之中，葉子一片一片的掉落下來，樹上的小柿子卻慢慢褪去了青色，顏色逐漸轉成淡黃，轉眼間變成了一顆黃澄澄的大柿子，上頭還結了一層白霜，遠遠的望去，光禿禿的樹上好像掛了一顆亮晶晶的小太陽。

「來了來了！」小男孩指著前方，遠遠的走來一對人影。

老婆婆和一個帶著畫冊的女孩來到了樹下，女孩驚呼了一聲：「唉呀，這柿子樹怎麼葉子都掉光了！」

她數了數指頭，「應該還不到季節呀！」

她抬頭看了看樹上，開心的對老婆婆說：「婆婆，長柿子了！」

老婆婆只是笑呵呵的看著，小男孩抱住枝幹搖了搖，北風輕輕一吹，大柿子噗的一聲落到了小男孩手裡，他將柿子交給了女孩。

「謝謝你！」女孩仔細的望著他，看了好久，才和老婆婆慢慢走了。

柿子樹看著他們的背影，不好意思的說：「謝謝你，北風先生。」

北風卻感到萬分抱歉，他看著滿地的落葉，直轉著圈圈，不曉得該如何回答。

柿子樹緩緩伸直了它光禿禿的枝幹，輕鬆的笑著：「不用擔心，不管我被移到哪裡，只要有陽光，我還是可以長回我的葉子哦！」

聽到陽光兩個字，北風整個突然洩氣了，他絕望的想著，我能贏得了太陽嗎？

他嘴裡不說，神情卻十分落寞。

3.

隔天一早，北風和男孩出現在街上，他們抬頭一望，天空藍藍的，乾淨得像剛洗過一樣，幾朵白雲悠哉悠哉的飄在天上，這天氣就像當年北風邀約太陽比賽那天一樣，只是，似乎又更熱了一些。

「看來，這太陽的威力又比當年更強了，如果再比一次，我也未必贏得了他呢！」北風心裡對太陽不由得升起了一股敬意。

但是他突然發現，陽光普照的街上，人們並沒有像書裡的圖畫故事一般，為太陽脫去厚重的衣裳，相反的，他們撐著傘，裹著長袖衣服，雖然汗如雨下，卻好像在躲著太陽一樣，低著頭蒙著臉，快步向前走。陽光將地面上的路面烤成了滾燙的鐵板，來往的小姐們撐著傘穿著長袖，像小鳥一般跳著穿越馬路，惟恐慢了幾秒連高跟鞋都要融化了。

北風看著街上的景象，忍不住嘖嘖稱奇：「怪了怪了！這和書裡的故事可大大不一樣！」他請小男孩翻開書，看到其中一頁寫著：

太陽緩緩散發出熱氣，溫暖的陽光讓小男孩脫去了厚厚的大衣。

「可是這裡的人見了太陽卻是包得緊緊的，還穿上長袖。」

北風納悶極了，正當他東張西望時，突然聽到公園裡傳來了一陣哭聲，他轉頭一看，原來有個胖小弟的霜淇淋被陽光晒到快融了，小弟弟的嘴巴來不及接住，眼看著霜淇淋滴滴答答的一點一點落到地上，胖小弟急得大哭起來。

北風輕輕的吹了口長氣，霜淇淋立刻中了魔法一般，硬生生凍結在半空中，胖小弟愣了一下，他看了看小男孩，馬上破涕為笑，咂巴咂巴的舔著霜淇淋走了。

小男孩笑著對北風說：「看來你倒沒有想像中的不受歡迎唷！」北風還來不及回答，忽然聽見前面鬧哄哄的，有人開始大叫：「唉呀！有人昏倒了！」「大熱天的中暑啦！」「這天氣實在……」「救護車！救護車！」

人龍圍了一圈又一圈，熱氣不斷的上升令人頭昏腦脹。小男孩擠不進去，他只好對北風擠擠眼睛！北風瞄了一眼天上滾燙的火球，他鼓足了氣開始繞著人龍快跑，街道兩旁的葉子紛紛捲了下來，天上的雲也慢慢聚攏了起來，輕輕擋住了太陽。強勁的北風吹過，滾燙的地面嗤的一聲熄了火，小姐們臉上露出笑容收起了傘，躺在地上的人也一咕嚕爬了起來，街上響起了如雷的掌聲。

剛才遇見的胖小弟從人群中擠了出來，他開心的對小男孩大喊：「嗨！魔術師！」

他快速的衝過馬路，拉了小男孩轉身就跑。他們跑過了熱鬧的人群、跑過了彎彎曲曲的街道，一直跑到了馬路的盡頭。

胖小弟終於停了下來，他上氣不接下氣的說：「幫……幫我……幫我……找……」

小男孩等了一會兒，輕輕問他：「你有什麼事呢？」

胖小弟定了定神，指著小男孩大聲的說：「我知道你是魔術師，我要請你幫我找爸爸。」他的眼神充滿了期待。

「我的爸爸是機師，常在天空中飛，我想要寫信給他，叫他早點回家。」

胖小弟抿著嘴說：「媽媽在忙，我不喜歡安親班。」他小心翼翼的從口袋抽出一封信。

「下星期是媽媽生日，我要爸爸回家。」他笑嘻嘻的說。

「你是魔術師，我知道你剛剛施了魔法。」他眨了眨眼。

「你應該可以幫我偷偷把信送給爸爸吧？」他著急的問著。

小男孩接過了信，他想了想，動手將信摺成一枚紙飛機，一伸手丟到了半空，北風輕輕托起了信，用力一吹，紙飛機刷的一聲不見了，在空中只留下一道淡淡的白影子。

胖小弟拍著手開心極了，突然，他看到小男孩手上的書，眼睛一亮，將書一把搶了過來。

他高興的跳著說：「我會念！我會念！」他翻開書，瞪大眼睛，一字一句的念著：

「北風一使力，好像整個大地都要被風吹跑了。」

「哇！北風好厲害哦！」胖小弟大叫。

北風聽了忍不住咧開大嘴開心的笑著。

他翻到書的背面，「哦！是安桀畫的！我最喜歡她的書了！」

小男孩聽了緊張的問：「你認識她？在哪裡能找到她呢？」

胖小弟笑了起來：「原來你也是她的粉絲啊！」他歪著頭想了想。

「今天在社區圖書館好像辦了一場她的讀者會哦！這大概要問我媽……」

話還沒說完，突然一陣聲音傳來：「小寶！你又溜出來玩了！」

小男孩轉頭一看，一個婦人咚咚咚跑了過來。

「快走快走！來不及了！唉呀！你哪時候把圖書館的書拿出來啦！真是……」

啊！原來胖小弟的媽媽就是圖書館管理員，管理員一手拿了書一手抓起了胖小弟，急急忙忙又跑走了，只聽見胖小弟還在大叫：「晚上有讀者座談會哦！」

4.

晚上的圖書館好像被解除魔法一般，鬧哄哄的聲音全都跑出來了。小鎮的居民紛紛到了圖書館來參加繪本作家安桀的讀者座談會。

小男孩看到了胖小弟，胖小弟遠遠的朝他揮了揮手，但一下子又被管理員媽媽拉走了；柿子樹下的婆婆也來了，她笑呵呵的對小男孩點了點頭。人實在太多了，小男孩看不清楚畫家的臉，只好踮起了腳尖東張西望。

過了好久，人潮終於散了，小男孩三步併作兩步的跑到畫家面前，畫家一抬頭，是柿子樹下的女孩！

小男孩呆呆的站著，女孩看著他露出了笑容，她指了指桌上的書，《北風與太陽》。

「我想的沒有錯，你的眉毛、眼睛、頭髮，」她瞇起了眼，「還有那件紅大衣，都是我畫的。」

「我要回家。」小男孩小聲的說，他對北風招了招手，北風咻的一聲溜了過來。

「我想知道，我哪時候才能贏過太陽。」北風嘴上雖然不認輸，心裡卻緊張得怦怦跳。

女孩瞪著他們，眼裡卻藏不住笑意。

「你們兩個好像沒有看完我的書哦！」她嘩啦嘩啦一下把書翻到了最後一頁。

最後一頁並沒有畫上任何圖案，只有短短幾行字，他們湊近一看，只見書上寫著：

實在太熱了，小男孩脫掉大衣卻緊緊的蓋在頭上，他向前奔跑，迎向前方不遠的家。

北風和太陽都笑了。

原來最後一頁沒有圖畫，所以他們完全不知道最後是這樣的結局。

畫家女孩笑嘻嘻的拿起了書，抓了色筆，刷刷刷的開始畫了起來。

小男孩的輪廓慢慢出現在最後一頁裡，他的臉上洋溢著幸福的色彩，媽媽正在前方張開雙手等著他；北風黑色的大臉線條變得柔和，彷彿帶著微笑；而一旁的太陽，卻畫得像那一顆提早成熟的金柿子，微微的發著金光。

女孩畫家收了筆，合起了書，忽然間，她又打開書加了幾筆。

至於到底畫了些什麼？

嗯，就請到圖書館，翻開《北風與太陽》吧！

本文獲第三屆台南文學獎童話類佳作

編委的話

● **黃彥蓉**：

內容溫馨單純，有跟其他人不一樣的味道～文筆流暢，雖然故事沒有太大的波瀾起伏，文字卻處理得很溫柔，像是媽媽念給我聽的一樣，很好看！

● **楊子葳**：

天生我才必有用，不必羨慕他人，更不必暗自落淚，因為每一個人在世上都是獨一無二的。

● **劉巧華**：

這故事有繽紛的想像力，北風幫助小男孩找到了媽媽，而且也告訴我們不管是太陽贏或是北風贏都不重要，只有把自己的優點表現出來，利用它來幫助別人，那才是最酷的。

赤腳唱歌的貓表姐／周　銳

◎ 插畫／李月玲

作者簡介

著作有《雞毛鴨》、《幽默三國》、《幽默西遊》、《大個子老鼠小個子貓》、《大俠周銳寫中國》等一百餘種，獲獎一百餘次，包括第二、三、五屆全國優秀兒童文學獎等。

童話觀

童話作家應該是一隻有尾巴的青蛙，這尾巴就是天真、純情和永不枯竭的想像力。

小個子貓的表姐很會唱歌，她想參加歌唱大賽。

小個子貓對表姐說：「妳你唱得這麼好，一定能拿冠軍的。」

表姐很沒有信心：「妳又不是評委。再說我的個子這麼矮，肯定會扣我分的。」

小個子貓說：「妳可以穿高跟鞋呀，很多明星都這樣的。」

「對呀！」貓表姐高興起來。

由小個子貓陪著，貓表姐先去大賽報名處，後去鞋店。

在大賽現場，台上坐著評委虎教授、孔雀小姐和猴先生。

小個子貓找來大個子老鼠為她表姐加油，他們坐在觀眾席。

貓表姐上場了。各！各！各！各！……她的高跟鞋的聲音響徹全場。

猴先生問貓表姐：「來給我們唱歌的是妳，還是妳的高跟鞋？」

猴先生在評委中承擔搞笑的責任，他的問話立刻引起哄堂大笑。

貓表姐紅了臉：「我是第一次穿這種鞋，有什麼不對請指教。」

虎教授問：「妳給我們帶來什麼歌曲？」

貓表姐回答：「夢遊催眠曲。」

「這麼說，妳能用歌聲使評委全都睡著了？」孔雀小姐問。

「不僅是評委，」貓表姐說，「全場觀眾都被催眠，只有一個例外。」

「誰？」

「我的表妹。因為她聽慣了我的歌聲，有辦法反催眠。」

「我不相信自己會睡著，」孔雀小姐說，「我把眼睛睜得大大的，妳開始唱吧。」

貓表姐清清嗓子，剛要開唱——

「請等一等！」虎教授叫停。「妳唱的是『夢遊催眠曲』，也就是說，不但能讓我們睡著，還能讓我們夢遊？」

「是的。」貓表姐說，「我可以讓你們閉著眼睛手舞足蹈。現在歌星唱歌不是都有伴舞嗎？我可以讓你們三位評委為我伴舞。不過我保證不會讓你們跌到台下去。」

虎教授說：「我願意相信有這種神奇的歌唱，但三位評委都睡著了，誰來見證有沒有發生夢遊？」

於是虎教授找來棉花把耳朵塞住，他要清醒的欣賞其他評委的手舞足蹈。

貓表姐先閉起自己的眼睛，歌聲朦朦朧朧，像從海底傳來……

大個子老鼠覺得奇怪，他問小個子貓：「妳表姐的聲音有點特別，但為什麼我一點想打瞌睡的意思都沒有？」

小個子貓納悶道：「今天她發揮得不大正常。」

不僅大個子老鼠沒睡著，其他觀眾也是這樣，堵住耳朵和沒堵住耳朵的評委都很清醒。

評委們向貓表姐投去懷疑的目光。

貓表姐抱歉地說：「我實在不習慣這雙高跟鞋，它妨礙我唱歌。」

孔雀小姐說：「那妳就把高跟鞋脫掉吧。」

「謝謝！」

貓表姐左腳一踢，飛起一隻高跟鞋，被小個子貓接住。

她右腳一踢，另一隻鞋子飛起，被大個子老鼠接住。

打著赤腳的貓表姐重新放開歌喉。

她溫柔的歌聲開始撫摸大家的眼皮……

於是，許多眼睛閉攏了，隨即響起鼾聲陣陣。不同一般的是，這些鼾聲響亮又整齊，和著貓表姐的演唱節奏。

孔雀小姐和猴先生離開評委席，在貓表姐身後扭動腰肢，開始夢遊伴舞。

接著，睡著的觀眾們也紛紛上台伴舞，包括大個子老鼠。

唯一清醒的觀眾小個子貓驚歎著：「沒想到大個子老鼠也會跳舞，跳得這樣好。」

貓表姐的歌唱從低潮到高潮，等到又轉向低潮時，觀眾們回到台下，孔雀小姐和猴先生回到評委席。

所有的眼睛重新睜開。

虎教授取出耳朵裡的棉球，把剛才的奇妙情景告訴孔雀小姐和猴先生。三位評委一致同意——把冠軍稱號授給貓表姐。

後來小個子貓告訴大個子老鼠：「沒想到我表姐不穿高跟鞋也拿到了冠軍，但更沒想到的是她拿了冠軍以後。」

「以後怎麼樣？」

「那些想當歌星的女孩都不穿鞋了，她們以為赤著腳才能把歌唱好。」

——原載二〇一三年九月三日《國語日報・故事版》

編委的話

●**黃彥蓉**：

主角貓表姐的個性突出，擁有別人沒有的技能——唱歌能讓別人夢遊！而且，牠唱歌還是赤著腳，很獨特！作者的文筆流暢，讀起來不會「卡卡的」簡單易懂，寫得很好，讚啦！

●**劉巧華**：

我覺得這隻貓表姐可厲害了！溫柔的歌聲，能讓一些動物聽到牠的歌聲之後，彷彿被催眠了，全部睡著了！我覺得這篇童話真有想像力，很加分！

●**劉冠廷**：

貓表姐愛唱歌，表演時脫下高跟鞋唱歌就能讓別人睡著。患有失眠症的人有福了，只要買一片貓表姐的現場原聲CD，保證歌聲一揚，立即睡得呼嚕呼嚕。

皇帝和魔術師

／張淑慧

◎ 插畫／劉彤渲

作者簡介

在盛夏出生，喜歡微雨、微風、微涼，兩年前巧遇吹笛牧童，從此與童話結下不解之緣。

童話觀

喜歡童話世界的無所不能而又有所不為；確信只要是擁有赤子之心的人都愛看的故事，就是好童話。

1.皇帝的紅線

響噹噹國是全世界最美麗的國家，那裡有白雪皚皚的山峰、純淨無瑕的湖泊、群木蓊鬱的森林，生活在這麼美麗的國家中，那裡的人民卻過得不太開心，因為他們有個奇怪的皇帝。

響噹噹國的皇帝有個怪習慣，他身上隨時帶著一束紅線，只要看到自己喜歡的東西，他就會在上面綁上紅線，不管是什麼東西，只要被綁上紅線，就變成是皇帝的，士兵很快的就會把東西拿走，沒有人敢抗議。

之前，宰相家裡有個收藏了好幾代的傳家之寶，是個已故的大師級師傅做的瓷盤，有天皇帝到宰相家裡做客，看到了被小心保存著的瓷盤，馬上就將它綁上了紅線，宰相一家老小臉都綠了，卻還是要咧開嘴笑著說：「謝謝皇上賞識我家的瓷盤。」

還有，布莊的老闆找了好久，好不容易買到了一塊比雲還柔軟，比彩虹還漂亮的布，本來想拿去請城裡最好的裁縫做件漂亮的衣服送給辛苦的妻子，結果他把布拿去給裁縫的路上，不小心遇見皇帝，捲好的布匹立刻被繫上紅線，老闆的眼淚都快掉下來了，卻還要跪下來磕頭說：「謝謝皇上喜歡我的布。」

還有，還有，最近城裡有一個年輕人，帶著他全部的積蓄，冒著生命危險穿越沙

漠，從國外購買了一個機械鐘回來，打算用高價賣出，再拿賺到的錢去跟他喜歡的女孩提親，結果他在市集中展示機械鐘時，皇帝剛好路過，這是皇帝第一次看到機械鐘，這麼稀奇的東西當然也被綁上紅線，讓士兵帶走了，年輕人只能跪在地上，額頭貼著地面說：「皇上賞識我的東西是我的福氣。」

皇帝出門一趟，就會帶回許多物品，這些東西，有許多都被堆放在倉庫裡，從被帶回來的那天開始，就再也沒有被瞧過第二眼，曾被人捧在手心的寶貝，就這樣終日在倉庫中與灰塵為伍。響噹噹國全國上下的人民對皇帝自私的行為敢怒而不敢言，只能把苦往肚子裡吞。

2.來了個魔術師

有一天，城裡的市集來了一位魔術師，這位魔術師的穿著打扮和一般人沒什麼兩樣，穿著粗布做成的褲子衣裳，衣袖和褲管都像個做粗活的人似的捲了起來。和一般人不同的是，這個魔術師的嘴巴裡叼了根稻草，身旁跟著一隻棕色的小熊，肩膀上還停著一隻綠鸚鵡。

「來呦！來看全世界最不可思議的魔術表演。」魔術師站在市集廣場的中央賣力的喊著。

市集的人來來往往，有幾個人停下來問魔術師賣不賣小熊或鸚鵡，就是沒有人停下來說想看魔術表演。不能怪他們，這個市集陸陸續續來過好幾個自稱是魔術師的人，大家興高采烈的付了錢，卻只看到一些唬人的、搬不上檯面的魔術。

「只要付一塊錢，我保證讓你們終生難忘。」

魔術師拿下嘴巴叼著的稻草，然後手一轉，稻

草立刻變成一束美麗的百合花，接著他再抖了抖百合花，花束裡竟然飛出了兩隻彩蝶。

站在附近的人先是抬頭望著飛走的彩蝶，接著再用驚訝的眼神看著魔術師，然後一個人、二個人、三個人……大家開始不約而同漸漸的往魔術師站著的地方靠攏。

「想看到更精彩的魔術嗎？只要在木盒裡放一塊錢。」魔術師手一揮，手上的百合花立刻變成一個雕著荷花的木盒子。

一塊錢吶！大家都在心底偷偷計算著，拿一塊錢去看魔術表演值得嗎？一塊錢可是可以買五碗豆花，或換三十顆餃子的啊！

「唉呀！真可惜，看來我到錯地方啦！」看到大家都遲疑著，沒人願意投錢，魔術師收起木盒，打算離開市集。

「等一下！」發出聲音的是一個穿著華麗的少女。

魔術師開心的看著少女，心想終於有人想看他大顯身手了嗎？

「請問，那個木盒可以賣我嗎？」女孩從沒看過那麼漂亮的木盒，很想買下來收納她珍貴的首飾。

「不！真是抱歉吶！美麗的小姐，這木盒是非賣品。」魔術師搖了搖頭，帶著小熊跟鸚鵡準備離開。

「等一下！」有個小男孩鼓起勇氣大喊：「我……我很想看魔術表演，可是……我

只有一毛錢。」小男孩眼巴巴的看著魔術師。

「小弟弟，抱歉啊！那就等你存夠錢了再來看魔……唉呀！你在做什麼？」魔術師話講到一半，突然被肩膀上的鸚鵡狠狠的咬住耳朵，痛得他哇哇大叫。

「變魔術！變魔術！」鸚鵡說。

「你又來了，我可是世界上最偉大的魔術師，怎麼可以這樣賤賣我的表演？」魔術師氣呼呼的對鸚鵡說。

不過鸚鵡比魔術師更生氣，牠用鳥喙啄起魔術師的頭髮，用力的拉扯。

「唉呀！唉呀！好啦！我知道了，別再拉了！」魔術師伸手想保護自己的頭髮，模樣有點狼狽。

「這位小朋友，算你運氣好，我的鸚鵡喜歡你，就一毛錢吧！其他人可別想再用這個價錢看我表演。」魔術師整理了一下頭髮，拿出了木盒。

「謝謝你！」小男孩開心極了，將緊握在手心中的一毛錢，小心翼翼的放進木盒裡。那一毛錢一落入木盒中，就消失不見了，小男孩張大雙眼驚訝的看著空蕩蕩的木盒底部。

「我喜歡你的表情，『驚訝』就是對魔術師最好的恭維。」魔術師從空蕩蕩的木盒裡慢慢地拉出了一塊黑色圓布。

這下，小男孩連嘴巴都張得大大的了。

「先別這麼訝異，等一下你就會發現，這是你花過最有價值的一毛錢了。」魔術師抖開黑色的布，將它攤開放在地上，接著對身旁的小熊說：「跳舞吧！」

小熊聽到魔術師的指令之後，馬上跳上黑布，手舞足蹈的跳起舞來，模樣可愛極了……

沒多久，四周突然出現陣陣的驚呼聲，不是開心鼓舞的那種喊叫聲，而是充滿驚嚇的尖叫聲——

「天啊！」圍觀的群眾全都倒抽了一口氣，失聲驚叫：「小熊……小熊掉下去了！」

原來地上的黑布突然變成了一個深不見底的大黑洞，而站在黑布上面的小熊就這樣直挺挺的掉了下去。

「我喜歡你們的尖叫，『驚訝』永遠都是對魔術師最好的恭維。」魔術師說罷，便蹲低身體，雙手摸到黑洞的邊緣，然後一抖手，就將黑布從地上抓了起來，黑洞消失了，只剩下魔術師手上的黑布。

小男孩抬頭看著魔術師，眼神無聲的問著：小熊呢？

「在這裡。」彷彿聽到小男孩心中的疑惑，魔術師雙手抓著黑布，然後往前甩了

甩，小熊竟然從黑布裡掉了出來，手上還拿著一根棒棒糖。

當小熊將棒棒糖遞給小男孩時，周圍的觀眾才回過神來猛烈鼓掌，當中還有不少人已經掏出了一塊錢。

聽到如雷的掌聲，看到大家開始熱絡起來，魔術師滿意極了，他拿出木盒準備開始收錢，不過第一個伸手過來的人，手上拿的並不是一塊錢，而是條紅線，是的，皇帝的紅線。

3.木盒的祕密

皇帝拿了魔術師的木盒回到皇宮後，就迫不及待的學魔術師把手伸進木盒裡撈呀撈的，不過撈了半天，撈不到半樣東西。皇帝不信邪，叫人拿把鋸子，把木盒鋸開，美麗的木盒被鋸得支離破碎，只剩下一堆碎木頭，裡面沒有小男孩的一毛錢，更沒有圓形黑布。

皇帝整天望著破碎的木盒，茶不思飯不想，腦袋瓜裡有個聲音一直吵，吵著想知道，木盒裡的黑布和錢跑哪去了。皇帝最美麗的女兒——玫瑰公主，看見皇帝這個樣子，心裡急得很，趕緊差人去找來魔術師。

不久，士兵們便把魔術師帶到公主的面前了。

「父親很想知道關於木盒的祕密，請你告訴我，盒子裡的東西都藏到哪去了？」玫瑰公主一見到魔術師，就迫不及待的問。

「稟公主，木盒裡沒有東西。」

「可是，父親說他親眼看見你從木盒裡抽出一條黑布，還有個小男孩投了一毛錢進去。」

「木盒裡有個機關，如果將機關按下，就可以將東西藏在裡面，我們魔術師都是利用像這種有機關的物品來做魔術表演的，而那木盒裡的東西早就被我拿走了。」

「這下糟了，木盒已經被鋸碎了，不就永遠無法親眼看到那木盒是怎麼藏東西的？」公主蹙眉擔憂的說。

其實真正有機關的木盒在魔術師看到皇帝時，就已經很巧妙將它掉包了，現在正安穩的放在他的行囊中。雖然如此，聽到皇帝隨隨便便就將屬於別人的木盒鋸碎，魔術師還是感到非常的震驚和憤怒，他決定要給自私的皇帝一個教訓，因此他故意露出非常為難的表情說：「其實，那是個有魔力的木盒，要恢復原來的樣子也不是不可能，不過……」

「不過什麼？」

「我不敢說……」

「我命令你說！」

「是的，公主，如果妳堅持要知道的話。」魔術師欠了欠身後說：「得要全國最有權勢的人願意拋棄他的權勢，木盒才能恢復原狀。」

「全國最有權勢的人拋棄權勢？全國最有權勢的人就是父親了，難道要他拋棄皇帝的身分？這是不可能的事！」公主生氣的說。

魔法師露出害怕的表情，雙手做揖，彎著腰說：「公主，請皇上忘掉木盒吧！」

「不行，我一定要親眼瞧瞧，那木盒是怎麼藏東西的。」一直站在門後的皇帝走了出來，並說：「告訴我，我該怎麼做，才能讓木盒完好如初？」

「父親……」公主想勸阻皇帝。

「好女兒，別阻止我！魔術師，告訴我，我該怎麼做？」

「是的，皇上。」魔術師恭敬的說：「如果您願意脫去您的龍袍，藏起您的身分，當我的助手，七七四十九天之後，木盒便能再生，到時您就能恢復皇帝的身分，帶著完好如初的木盒回到皇宮。」

「父親千萬不可……」公主開始懊悔自己將魔術師找來。

「別說了，就這麼決定了，我去換件衣服。」皇帝轉頭對公主說，「我不在的這陣子，國家大事就暫時教給妳處理了。」

話說完，皇帝就換上粗布衣裳，帶著木盒的碎片跟隨魔術師離開了。

4.小孩的真言

其實那個破碎的假木盒根本就無法回復成原本的模樣，魔術師只是想趁這個機會折磨一下皇帝。他指使皇帝做他的助手，有時要他搬道具，有時要他扮小丑，晚上當他們夜宿在樹林中時，他會叫皇上去撿樹枝，並燒火煮飯。

魔術師原本以為養尊處優的皇帝很快就會受不了這種生活，吵著要回去，但皇帝看起來卻十分的甘之如飴，正確一點的說，不只甘之如飴，皇帝簡直愛極了他現在的生活，除了每天都可以看到魔術師千變萬化的魔術表演之外，還可以學到許多新鮮有趣的事。以前他是個皇帝時，連灰塵長怎樣都不知道，現在他學會了生火，學會了找野菜煮飯，皇帝覺得可以靠自己的力量養活自己的感覺真是太棒了。

不過魔術師就不太開心了，他開始擔心，四十九天之後，是不是就得交出真正的木盒?幸好，就在約定的期限快到時，發生了一件事，讓皇帝決定提早回皇宮。

這一天，魔術師和皇帝一如往常，來到了一個熱鬧的市集準備表演魔術時，有三個小朋友很快的跑來，氣喘吁吁的拿了好幾個一毛錢給魔術師，然後很小聲的問：「魔術師，你能幫我們把皇帝變不見嗎？」

「為什麼你們想把皇帝變不見？」站在一旁的皇帝詫異的問。

「因為這樣我們就能換一個新皇帝了啊！」

「為什麼你們想換新皇帝？」

「因為現在的皇帝會亂拿別人的東西，上次他經過我們這裡，就拿走了我爸爸最好的毛筆。」

「是啊！也拿走我爺爺最喜歡的躺椅！」

「還有我妹妹最寶貝的布娃娃。」

三個小孩七嘴八舌的說著，皇帝越聽臉色越鐵青，魔術師看苗頭不對，深怕皇帝會惱羞成怒的將這些小孩全都抓去關起來，於是趕緊把他們趕走並說：「我可沒辦法將皇帝變不見。」

「竟然有這麼荒謬的事！」等小孩走掉後，皇帝怒氣沖沖的說：「明明是大家都爭先恐後的想要送我東西，為了想讓大家開心，我才會勉為其難的拿走每個人的禮物。要不然一枝舊毛筆、一張爛躺椅，還有破布娃娃誰會稀罕，難道我堂堂一個皇帝會買不起嗎？」

「大家爭先恐後的送你東西？」魔術師挑著眉質疑。

「當然，每回我拿走大家的東西時，哪個人不是對我又跪又拜的感謝我看得起他們？害得我每次出門，壓力都很大，總是提心吊膽的擔心著，萬一漏拿誰的東西，會不會讓大家誤以為我瞧不起他們，不僅如此，你知道嗎？皇宮裡有許多漂亮的房間，都得拿來當倉庫放那些我根本用不著的物品！」皇帝講得十分激動。

聽到這兒，鸚鵡和小熊早已經笑彎了腰，魔術師則是抬起頭，無語問蒼天，究竟這樣天大的誤會是從什麼時候開始的？他看了看皇帝，沒穿龍袍的他，看起來就和一般的平凡百姓沒什麼兩樣。

「你難道不知道，大家是因為敬畏您才會感謝您拿走他們的東西嗎？」魔術師問。

「人心隔肚皮，這我怎麼會知道呢？真是麻煩！雖然我喜歡現在的生活，可是這樣看來，我還是得趕緊回去把倉庫裡的那些爛帳清一清、還一還，不然不知道還會被百姓罵多久……」講到這裡，皇帝突然停了下來，看著魔術師說：「啊！我現在還不能離開，得等到木盒恢復原狀，好把它還給你……」

既然誤會已經解開了，魔術師心想，也沒有必要繼續把皇帝當僕人般使喚了，因此他跟皇帝說：「我想，若你將東西全部都歸還給百姓、尊重百姓，就跟拋棄自己的權勢是一樣的意思，木盒，應該也就會恢復原狀了，你只要將木盒碎片留給我就行了。」

「真的嗎？那我就先趕回去處理那些東西了……」皇帝將木盒碎片交給魔術師，心底其實十分不捨，他還是很想知道木盒是怎麼藏起黑布和一毛錢的，不過既然他已經知道魔術師不是心甘情願送他木盒的，說什麼也得把木盒還回去。

「你快回去吧！等木盒回復原狀時，我會讓你知道的。」魔術師和皇帝道別時說。

互道再見後，皇帝和魔術師就分道揚鑣，一個趕回皇宮，一個繼續遊歷各地表演魔術。

5. 左右為難

皇帝回到皇宮後，馬上下令，要那些受害者都到皇宮裡領回他們被拿走的物品，無法親自領回的，皇帝也會想辦法託人送回。大家都開開心心的去領回屬於自己的東西，只有去領機械鐘的年輕人很不開心。

「你為什麼愁眉苦臉的呢？」坐在一旁監督的皇帝問。

「皇帝您不知道，原本我計畫要將這個機械鐘賣掉，然後帶著賺到的錢去跟我喜歡的女孩提親……」

「結果因為機械鐘被我拿走，所以你喜歡的人就跟別人結婚了？」皇帝心想，這下可糟了。

「倒也不是這樣……」年輕人欲言又止。

「那是怎樣？」

「是這樣的，聽說皇帝您很喜歡這個機械鐘，還把這個機械鐘放在皇宮最顯眼的地方？」

「我是很喜歡這個鐘沒錯。」皇帝用手輕輕的撫過機械鐘的表面。

「有許多當官的人，看到皇帝有這麼一個會自動報時的鐘之後，都很希望自己也能擁有一個。」

「所以你擔心把鐘拿回去之後，會被他們搶走？」

「不！不是的，自從皇上把鐘放在皇宮最顯眼的地方之後，開始有許多人付錢給我，要我再去幫他們買個一樣的鐘，也因此，我不但籌夠了娶老婆的錢，還有多餘的錢能開一間專賣各式各樣機械鐘的店。」

「這不是很好嗎？為什麼你還愁眉苦臉？」

「因為，我擔心皇帝把機械鐘退還給我之後，就沒有人想買機械鐘了……」

「原來如此，那還不簡單，我買下你的鐘不就好了？」

「不！不！為了答謝皇上，我想將這個機械鐘進獻給您。」

「不行！我覺得『收禮』是一件煩人的事，喜歡或不喜歡的禮物都要笑著收，所以我已經決定，從今天開始我都不收禮了。」

皇帝話剛說完，魔術師的鸚鵡叼著一個包裹飛了進來，牠將包裹放在皇帝的膝上說：「皇帝，之前破碎的木盒已經恢復原狀了，魔術師要我把它拿來送您。」

「真的嗎？」皇帝喜出望外的打開包裹，小心翼翼的拿出木盒，迫不及待想找出木盒裡的神祕機關。

看到皇帝雀躍萬分的模樣，年輕人忍不住哀怨的說：「原來皇帝不是不喜歡收禮，而是不喜歡我的機械鐘。」

皇帝停下手上的動作，紅著臉，嘴巴張了又合，合了又張，完全不知道該如何收尾……

本文榮獲一〇二年教育部文藝獎教師組童話類佳作

編委的話

●黃彥蓉：

情節讓人意想不到：堂堂的皇帝最後會變成魔術師的徒弟！主題也很有深意，他要我們做人不要太貪心，否則就會像皇帝一樣，永遠找不到人生的樂趣。

●詹皇堡：

皇帝不知道人民的痛苦，這樣的人不配當皇帝，我覺得魔術師更適合當皇帝，如果這個故事顛倒過來，讓魔術師變皇帝，皇帝變魔術師，互換生活，那個國家會是什麼樣子呢？很期待呢！

● **劉冠廷：**原本貪心又壞的皇帝遇到魔術師後，他的心靈被改變了，不但變好了，也變酷了，原來這位魔術師就是在表演一場最高明的魔術啊！

卷四

好營養餐廳

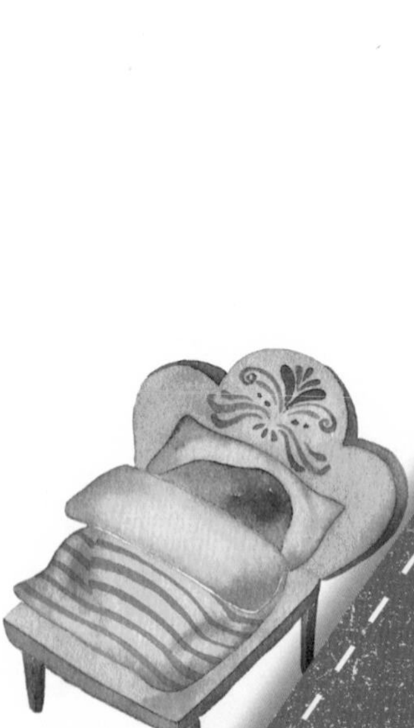

照心湖

／吳蕙純

◎ 插畫／李月玲

作者簡介

國小教師，喜歡閱讀，能在書中嚐遍喜怒哀樂，人生可以因此豐富。

童話觀

童話就是能讓每個人在可愛歡樂的氣氛中，簡單感受各種人情世故，不論如何，有人的地方最終總是充滿溫情。

在森林裡，有一隻棕色的大熊，長得高大強壯，聲音宏亮有力，但是個性很粗魯，常常嚇到其他小動物。其實大熊不是壞心的熊，只是長相比較恐怖、動作比較粗魯罷了。

森林裡還有一隻毛茸茸的小白兔，長得嬌小可愛，個性隨和，脾氣很好，所以大家都很喜歡他。

這一天是森林裡最熱鬧的「朋友節」，每隻動物都要跟好朋友聚在一起聊天吃點心，分享彼此的心情。人緣好的小白兔收到好多邀請，他馬不停蹄的從大象家，再到山羊家、梅花鹿家、長頸鹿家……。

黃昏，他離開犀牛家，正準備趕往河馬家時，經過美麗的綠湖，卻聽到低沉的嗚咽聲，他停下來，轉頭四處看，看到棕熊自己坐在綠湖旁的石頭上，肩頭微微顫動。

小白兔悄悄的走上前，輕輕的問：「你怎麼啦？」棕熊抬起濕濕的臉，嚎啕大哭：「今天是朋友節，大家都有朋友，可是……只有我是孤伶伶的一個……」

小白兔不忍心，便坐下來陪他，兩個靜靜的看著湖面，沒有說話。

夜深了，月亮從雲後冒出來。忽然，湖面掀起一圈圈的漣漪，湖面上出現棕熊和小白兔的倒影，但是奇怪的是小白兔的倒影是棕熊，棕熊的倒影卻是小白兔。兩個都驚訝的抬起頭。

「這該不會是傳說中的『照心湖』吧？」小白兔不可置信。

「照心湖？可以丟錢進去許願嗎？」棕熊連忙從懷中拿出零錢包。

「不是不是，望進這湖，可以看見心裡最深的渴望。」小白兔說。

「你的倒影是我，你想變成我？我有什麼好的？像你這樣溫柔可愛，多受歡迎阿！」棕熊說。

「唉！你有所不知，就是我個兒小，力氣不夠大，搬不起很多東西，連摘個紅蘿蔔都要跑好幾次。」小白兔感傷的說。

「沒關係！以後你告訴我，我可以一次拿一百根紅蘿蔔！」棕熊舉起右手要拍胸脯，卻揮到小白兔。

「唉唷！」摔倒的小白兔哀嚎。

「抱歉，抱歉！我傷到你了。」棕熊不好意思的扶起小白兔。

「我想，大家都很怕你，大概是因為你常常因為這樣讓身旁的動物受傷吧！」小白兔說。

「是這樣啊！那我應該好好改改我的壞習慣。」棕熊不好意思的說。

「嗯！說不定這樣大家就會接近你，發現你是一隻熱心助人的熊呢！」

「我一直希望能變成你的樣子，以為這樣就能擁有很多好朋友，不過今天我才發現

原來大家喜歡你是因為你是個很溫暖的朋友。」棕熊說。

「喔！怎麼說？」小白兔問。

「你剛剛聽到我說孤單，就陪我一起看月亮，又聽我說話，還告訴我怎麼當別人的朋友。謝謝你。」棕熊誠心的說。

「不客氣啦！夜深了，該回家了。」

「我跟你一起走。」

「好啊！知道我家的路，以後歡迎你常到我家來玩。」

棕熊和小白兔手牽手，拖著長長的影子，帶著滿滿的友情，在月光下有說有笑的回家。

——原載二〇一三年十二月十四日《國語日報・故事版》

編委的話

● **何文捷：**

真希望我能找到照心湖，照出好朋友，因為他們幫助我成長。可惜世上沒有照心湖，朋友好壞我得自己判斷，也許這也是一種負責任的想法吧，自己的友情自己負責任，不能怪別人。

● **楊子葳：**

照心湖照出的是什麼？它其實照出了我們內心最深的渴望，就像小白兔與棕熊一樣，牠們都羨慕著彼此，只有在湖邊一照，才明白彼此的想法，我不必去找照心湖，因為我想要早點兒獨立，不必依賴父母，這是我內心最深的渴望。

● **劉冠廷：**

看朋友不能只看外表，要看內在，我們遇不到照心湖，但是在和朋友交往的時候，只要人人有心，人人都有一面照心湖，能看出朋友的需要，能幫朋友解決問題，這種友情比什麼都重要。

教石頭說話的男人

／楊茂秀

◎ 插畫／劉彤渲

作者簡介

一九四四年生於台灣彰化，一生好讀雜書、說故事、聽故事、寫故事。喜歡旅遊，到陌生地認識不同山水，認為人不應該是宇宙的中心，人只是自然的一部分，信守活到老學到老創作到老，成為一個可愛的老人的原則。

童話觀

童話一直都是超現實的，虛構與現實的根。

那個男人，幾歲？沒有人知道。大家只看到他每天帶一粒石頭，走在石板路上，村莊唯一的路。他邊走邊說話。跟誰說話呢？大家心裡都在猜。

「這封信是那個男人的信，帶石頭走路說話的男人的信。送錯了，你送去交給他。」小女孩的爸爸說。

小女孩拿著信，走到對面，剛剛要敲門，門就開了，無聲無息。那個男人站在門口，接過信；輕輕移動腳步，讓出通道。「妳要進來坐一坐？喝杯茶。」

「那是什麼？」神桌上，一個小床，小床上躺一粒石頭。拳頭那麼大。有枕頭，有被單，石頭看來沉沉睡死。

「我的石頭學生。小聲點，他在睡午覺。」

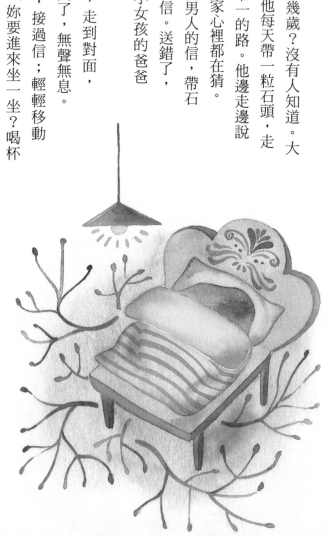

「啊！石頭不睡覺哇！」

「小聲點，我們到廚房去說。」那男人說，「這個石頭會睡覺，我們不要吵到他。」說著他倒了一杯白開水端給小女孩。他們在餐桌邊坐下。

「你每天散步時，手裡頭捧的就是這一粒石頭嗎？」

「是的，我在教他說話。」男人認真說。

「可是石頭不會說話啊！」小女生這下十分的驚訝！

「所以我才要教他呀！」

「我是說，你怎樣教，他也不會說話呀！」

「是的，教石頭說話，真的不容易。我有特別的教法，每天六小時，早上三小時，下午三小時，早上和下午各有一小時是戶外教學。所以你們看到我捧著他，邊走邊說，我用的是自然法。」

「自然法，我不懂。不過我想知道，你教他的是石頭的話，還是我們人的話？」

「都教，只要是自然的話，我都教，當然就包括人類的話，我們現在講的話。」

「什麼是自然法？」

「其實自然法又叫作媽媽法。那就是啊，媽媽和小孩講話，認真把要講的認真講，不只要用嘴巴講，要用眼睛講，要用臉上的表情講，身體和手腳也一起講。更重要的是，不管講什麼，都相信小孩子一定聽得懂。小孩就是不懂，或是不大懂，也會因為媽媽的信任，努力去猜，去模仿，久了就懂了。而且，不會怕猜錯。」

「你講那麼長，我真的不大懂。可是你又不是石頭的媽媽。」

「所以我想要結婚。結婚，就是啊，我要找個志同道合的女人，結婚，一起來做協同教學。因為，要教石頭說話，光靠我一個人，恐怕做不到。」

「你找到志同道合的人了嗎？」

「還沒有吔。其實，我也計畫和我太太共同努力，生個小孩。」

「生小孩？」

「是啊！因為要教會一粒石頭說話，一代人大概做不到，恐怕要兩代，或三代、四代的人，才做得到。」

「我喜歡你的故事，我是說，你的想法，我喜歡。說不定石頭真的會學講話，我記起來了，孫悟空、賈寶玉都是石頭的小孩！我有個請求。」

「請說！」

「我可以暫時先做你的助教，陪你一起教那顆石頭說話嗎？」小女孩的眼睛睜大大，注視著那個教石頭說話的男人。

從那天起，那個村莊唯一的石板路上，每天早晨，每天下午，那個男人和那個小女孩，帶著那粒石頭，邊走邊說，笑聲不止。石頭有時在男人手上，有時在小女孩手上。

——原載二〇一三年十月十九～二十日《國語日報・故事版》

編委的話

● **黃彥蓉：**

石頭明明不會說話，男人卻硬要教它說話。第一次看覺得怪，再看一次再想一想才知道，這故事說的其實是「愛」，尤其是父母對孩子的愛，孩子再「憨慢」，爸爸媽媽也是永不放棄的愛他教他。

● **楊子葳：**

我覺得這篇故事很有趣，光看題目就很吸引人了，居然有人想教石頭說話，我想我也應該教我的小洋娃娃說話，心情不好時，就有人跟我聊聊天了！

● **劉冠廷：**

哇，如果石頭都能教說話，那我也想教我家黑皮說話，等到黑皮會說話了，我就知道牠整天在想什麼？我去上學時，牠有沒有想我。

出租時間的熊爺爺 ／任小霞

◎ 插畫／Kai

作者簡介

小學教師，創作童話、童詩。獲冰心兒童文學新作獎、信誼圖畫書文字創作獎佳作。

童話觀

童話是生活的一部分，因為有了童話，生活詩意而美麗。

退休的熊爺爺心情很不好。老是傻呆呆的對著窗口發愣。

「爺爺，你為什麼老是不高興呢？」傻瓜熊跑來問。

「因為……我的時間太多了。」熊爺爺歎了口氣，「我不用工作了。」

時間太多了？這可真是太奇怪了。對傻瓜熊來說，時間實在是不夠用啊——去果園摘果子吃吧，剛吃了兩個，媽媽就說：「快走，來不及去學校了。」去花田採花吧，剛採了一把，爸爸就說：「行了，還要去畫畫呢。」去灌木叢捉迷藏吧，剛玩了一會兒，老師就說：「好啦，咱們去學唱歌啦……」

真的，要學的事兒太多，要玩的遊戲太多，要吃的東西也太多……時間怎麼會嫌多呢？

「爺爺，你的時間，可以出租嗎？」傻瓜熊想出了一個主意，小心翼翼的問。

「出租？」熊爺爺吃了一驚，「租給誰呀？誰要我的時間呀？」

「我、小刺蝟、小兔子……」傻瓜熊忙說，「我們都要時間呢。如果你願意，那就太棒啦。」

「行。」熊爺爺來了勁兒，「你說吧，你想要我的時間做什麼。」

「你瞧瞧，」傻瓜熊指指自己籃子裡的果子，「我本來要用一小時數果子分給大家的，現在，你幫我做這件事，租金的話，就是你可以留下一份果子。行不行？」

「行啊。」熊爺爺覺得這事兒很有趣兒。傻瓜熊高興的放下籃子走了，這一天，他多摘了好多好多果子呢。

「熊爺爺，聽說你出租時間？」小刺蝟聽到消息，跑來了。

「對啊。」嚼著果子的熊爺爺忙點頭。

「你瞧瞧，」小刺蝟指著一堆亂亂的毛線說，「我把媽媽的毛線弄亂了，媽媽罰我理出來，這可要我兩小時的時間啊，如果你願意幫我理的話，我可以付的租金是一大束鮮花。」

「成交。」熊爺爺高興的說。

這天，小刺蝟多採了好多好多鮮花呢。

「熊爺爺，聽說你出租時間？」小兔子聽到消息，跳來了。

「對啊。」聞著鮮花的熊爺爺忙點頭。

「你瞧瞧，」小兔子指著手裡混在一起的種子說，「我把花種子混在一起了，如果你願意幫我分好的話，我可以付的租金是一大籃子蘑菇。」

「可以。」熊爺爺高興的說。

這天，小兔子多採了兩大籃子蘑菇呢。

……

自從熊爺爺開始出租時間以來，熊爺爺的心情可好了，他的時間一點兒也不多了。傻瓜熊每天都能聽到他樂呵呵的笑聲，心裡可真得意。

「熊爺爺，聽說你出租時間？」新搬來小棕熊也來了。

「對啊。」品嚐著蘑菇湯的熊爺爺忙點頭。

「我可不可以，」小棕熊有一點為難的說，「租你的時間呢？」

「可以。」熊爺爺說，「租來做什麼事？」

「就是陪我的熊奶奶說話。」小棕熊說，「熊奶奶病了，需要有人陪她說話。我沒時間天天陪她說話，我還要學舞蹈，租金的話……能不能是我天天跳一支新的舞蹈給你？」

「嗯……」熊爺爺想了想，同意了。

熊爺爺這幾天都不出租時間了，因為一直要照顧生病的熊奶奶。每天晚上，小棕熊跳舞蹈給他倆看時，熊爺爺和熊奶奶都開懷大笑……熊爺爺覺得這一次出租時間最快樂。

很快，熊奶奶的身體好了。熊爺爺卻不再出租他的時間了，因為，他和熊奶奶說好，以後，他把時間全租給熊奶奶，熊奶奶也把時間全租給他，他倆一塊兒去幫幫大夥兒，不要收租金啦！

——原載二〇一三年三月二十九日《國語日報・故事版》

編委的話

● **黃彥蓉：**

題目十分吸睛～哪有「熊」會把時間租給其他動物呢？而且……時間要怎麼租啊？原來，幫別的動物完成事情就是出租時間！很有趣的概念，內容也很符合童話的溫馨感，很可愛，我讀得很開心。

● **詹皇堡：**

時間居然可以出租，我本來以為時間只能用在學習和工作上，不過熊爺爺卻不一樣，他出租時間幫助別人，這樣他不寂寞了，也對其他人好，一舉兩得的好方法。

● **劉冠廷：**

熊爺爺利用自己剩餘的時間，四處去幫助別人；要是人人都肯花時間，願意為別人出租自己的時間，哇，這世界就更美好了，有需要我幫助的人嗎？我也很樂意出租我的時間哦。

刺蝟先生的擁抱 ／馮湘婷

◎ 插畫／Kai

作者簡介

一九八九年生，台灣屏東人。臺南大學生態系畢業。現就讀臺南大學環境生態研究所二年級，並修習國民小學教師教育學程。喜歡閱讀繪本，喜歡簡單的文字，傳達真摯溫暖的情感。

童話觀

徜徉在幻想的國度裡，總會有意想不到的事情發生！如同我的首次童話創作，帶給了我無比的欣喜和感動。期許自己，勇敢做夢，勇敢追夢。

很久、很久以前，有一位心地善良的刺蝟先生，他一直沒有朋友，也從不知道「擁抱」的感覺。他聽說「擁抱小鎮」的居民很喜歡交朋友，更喜歡給朋友一個大大的擁抱，因此他決定前往擁抱小鎮。

刺蝟先生來到了擁抱小鎮外，他看見老鼠媽媽送小老鼠上校車時，會給小老鼠一個大大的擁抱；他看見辛勤工作回家的羊爸爸，獲得了羊媽媽一個溫暖的擁抱；他也看見花貓小姐為了幫朋友黑貓女士慶生，準備了一個很棒的生日派對，黑貓女士很感動的擁抱了花貓小姐。

刺蝟先生內心充滿了希望，他相信自

己絕對可以在「擁抱小鎮」得到一個擁抱！

刺蝟先生提起勇氣踏進了擁抱小鎮，他遇到了老鼠媽媽，他熱心的上前幫她提沉重的起司回家。

「謝謝你……」老鼠媽媽原本想給刺蝟先生一個大大的擁抱，但是一看到他身上滿滿的刺，嚇得立刻改變了主意：「我請你吃一片起司吧！」

老鼠媽媽把起司插在刺蝟先生尖尖的刺上，轉頭就跑回家。

「我不要起司，我只想要一個擁抱！」刺蝟先生無奈的背著

起司，低頭離開。

他又跑去幫羊爸爸、羊媽媽做事，獲得的回報是……另一根刺上插了一塊羊羹。

他還跑去幫黑貓女士策劃花貓小姐的婚禮，最後，他仍然沒得到擁抱，只是背上的刺多插了一條魚。

「我不要起司，我不要羊羹，我也不要魚……」刺蝟先生垂頭喪氣的走到一大片紅蘿蔔田旁邊，他忍不住對著天空大喊：「我只要一個擁抱！」

剛喊完，刺蝟先生就發現蘿蔔田裡站著一位兔爺爺，正彎腰奮力的拔蘿蔔。

「這麼多的蘿蔔，兔爺爺何時才能採收完呢？」刺蝟先生決定幫忙兔爺爺，他靠著銳利的爪子和敏捷的身軀，不一會兒就將蘿蔔田裡的紅蘿蔔堆成好幾座的小蘿蔔山。

「謝謝你的幫忙……」和藹可親的兔爺爺不敢相信眼前所看到的，他放下手邊的工作，蹦、蹦、蹦的跳近刺蝟先生身旁說：「為了報答你，我想送你一大堆的蘿蔔！」

說完，兔爺爺依照起司、羊羹和魚的模式，把刺蝟先生身上的每一根刺，都插上了蘿蔔。已經不抱希望的刺蝟先生自暴自棄：「算了，我知道您根本不會想給我一個擁抱！」

「誰說的？」兔爺爺上前用力擁抱著刺蝟先生，把刺蝟先生嚇了一大跳……

原來，刺蝟先生身上的刺，現在都插滿了大家報答他的食物，抱起來一點都不會刺痛。刺蝟先生高興極了，他繼續努力日行一善（喔，不只一善），天天身上插滿了代表感謝的食物、點心和果子，連小朋友都喜歡抱他（順便偷咬一口好吃的）。

不只如此，兔爺爺還把他的好朋友「烏龜先生」、「穿山甲先生」介紹給刺蝟先生認識，從此以後，就算刺蝟先生剛洗完澡，來不及把各種食物插到刺上頭，他也可以找到朋友，好好的、大大的、用力的擁抱一下！

——原載二〇一三年七月二十六日《國語日報・故事版》

編委的話

● **何文捷：**

刺蝟先生想擁抱他人，卻無法達成心願，直到他主動幫兔爺爺拔紅蘿蔔，兔爺爺才反過來幫他。故事的道理很簡單：想要怎麼收穫先怎麼栽，想要別人怎麼幫你之前，你要先幫助他人。

● **詹皇堡：**

刺蝟先生永遠改變不了自己的長相，刺蝟就是刺蝟，除非牠把外頭的刺都拔掉了；不過，他卻可以改變自己的內心，把心裡的刺拔掉，那時，就算你是一隻刺蝟，也能贏得友誼，獲得尊敬。

● **劉冠廷：**

兔爺爺很聰明，當刺蝟先生只會覺得自己可憐時，兔爺爺卻能想到方法替他解決問題，所以囉，遇到問題，不要急著想放棄，多想一下，多換個方向，一定能把問題解決的。

阿酒與阿獅

／張英珉

◎ 插畫／劉彤渲

作者簡介

二〇一三年，曾以客台《喀噠大作戰》（兒少劇）入圍金鐘獎電視電影編劇獎、新加坡影視展電視電影。曾出版過三本兒少小說，希望能持續創作各種作品，並延伸成各類型作品，讓更多人能閱讀得到。

童話觀

常在寫故事前，我都會去公園看小孩玩遊戲器材，因為我發現人類對於故事的需求、想像，都可在遊戲的行為中挖掘出來。小孩是未來的大人，大人心中也仍有個孩子，能寫出老少咸宜有吸引力的童話，就是我追求的目標。

「喂——有人在嗎——嗎——嗎——嗎——嗎……」

在這漆黑陰暗的山洞之中，只有我用圓滾滾的身材到處爬啊爬，千辛萬苦爬上小石頭上，踩到自己長長的白鬍子跌了一跤，唉呦，趕緊再站穩爬上石頭，對著洞穴內喊著，卻只有自己聲音的迴響。

好吧，我知道在這山洞裡不會有人回答，一轉身，我踩著石頭上的凝結水珠，沒站穩，唉呦喂呀又跌下來，咚咚咚在地上彈了好幾下。站起來，搖搖晃晃，擺擺盪盪，唉呦喂呀，又跌一跤滾了滾，我總是站不穩。

沒辦法，誰叫我是隻圓滾滾的酒蟲呢？

在我所在的山洞地上擺放著一個小酒甕，我還記得它們當初「噗嚕，噗嚕——」發酵時產生的氣體氣味，唉哇，讓我頭暈啊。我就是喜歡這個味，和我打飽嗝的聲音很像呢，「呼嚕——呼嚕——」。我躲在酒甕內，用酒洗澡，餓了就喝酒，渴了也喝酒，我最愛喝酒啦。

說起這酒甕，那是砲戰之前，幾個士兵搬進來的，也就是因為這樣，所以當初都沒人知道我躲在這裡。不過，也因此有些無聊，我獨自在酒甕邊轉圈，還是去找阿獅好了。

阿獅是我唯一的朋友，他是一隻石頭雕刻，齜牙裂嘴的石頭風獅爺，從我認識他開始，他就全身都是青苔，又面對著山壁。雖然不大，但還是比我這酒蟲大個幾百倍吧。每天晚上我醉醺醺的，就跑到阿獅的嘴巴裡睡覺。

「嘿，阿酒，你回來啦！」

阿獅不能動，我也撥不動他，面對著山壁已經幾十年。我爬啊爬，爬到他的嘴巴裡，手撐著頭躺下，伸了懶腰又翻了身，嘆了口氣。「阿獅啊，你還記得來這裡的那天嗎？」

「唉，當然啊，那一天昏天暗地，砲彈砰砰砰的，好可怕啊。我被一個士兵抱進來，就在這裡了。」

聽著阿獅所說，我也回想起那天，轟隆隆的好多炸彈掉下來，那時候我還是小酒蟲，那天，我才離開我的酒村莊飛來飛去，要去完成我人生中最重要的事情——釀酒。我就在空氣中飄啊飄，那天真的好幸運，看到了有人正在釀酒，一甕酒正準備放入地下坑道內。我好高興，不用自己釀酒，我就能有一罈酒可以享受，簡直就是在天堂啦！

我趕緊穿透酒甕的蓋子，泡在酒裡，沒想到，一下子就聽到轟隆隆許多爆炸聲，我嚇一大跳趕緊飛出酒甕，山洞外面一片煙塵，我看到阿獅被士兵給帶進來，放進地上，我躲在阿獅眼前的石縫內，看著他身後的士兵倉皇的跑出山洞口去。隨後轟隆轟隆，山洞上面落石掉了下來，讓入口被封住。

「好像過了很久了，又好像才一轉眼。」阿獅是塊石頭，石頭對於時間的感覺和我這酒蟲不一樣。

「對我而言，大概是釀好五十罈酒那麼久喔。」我比了比，和阿獅如此說。

「是喔，你真厲害。」阿獅的嘴巴笑著，輕輕震動，害我覺得好癢。

其實阿獅不知道，我都是看山洞口窄小的石縫之中漏下的光辨認日子呦。阿獅面對山壁，看不到光線，而我只要看漏進石縫的光色，我就知道白天還是夜晚，白天的顏色比較亮，晚上的光是暗色的。

「阿獅啊，你有什麼願望嗎？」我愛睏，打了個哈欠。

「我啊……」阿獅面對著山壁，咳了咳才對我說。「我……，我想要親眼看到太陽。」

「是喔……」

「我當初被雕刻完之後，就被放在一個洋樓的陰暗角落內，面對著牆壁，從來都不知道日月星辰的模樣。炮戰那天，我被砲彈從屋內給炸到彈開來，後來才被撿進來這山洞……」

雖然阿獅愈說愈難過，但我也沒有辦法。

「真希望你能幫我看到太陽。」阿獅如此對我說，我笑著回答他。「安啦，如果有機會，我一定幫你！」

我不知道，我唯一的朋友這麼寂寞。

直到那天我起床時，陰暗的山洞內，石縫透露的光線竟然愈來愈強，漏光的石縫突然變大。大得讓我有點害怕，我焦慮的踱步也不是辦法，趕緊搬石頭回去擋著，但是怎麼可能擋得住，突然發現從縫隙可以看到外面的世界，而且……

「阿酒，我好像感覺到光線了，熱熱的，刺刺的！」阿獅面對著山壁，一道光照著他的後腦勺。

「沒有啦，那不是光線。」我努力的堆回石頭，讓光不要漏進來，因為一旦開了大洞，我就危險了。

「真的嗎？」阿獅看不見前方，根本不知道我在說謊。

只是我不管怎麼努力，洞穴卻愈來愈大，突然間我看到一根尖刺出現，隨後尖刺愈來愈多——原來，那是身上有著許多尖刺的酸酸蟲，正瞪大眼睛，看著洞穴內的我們。

「嘿嘿嘿，終於讓我找到酒了，我餓了好久啊！」

天啊，那是身上都帶著醋酸菌的酸酸蟲，原來他們也正在對面挖洞！

我知道酸酸蟲，雖然他們是酒蟲的親戚，可是搶酒的時候毫不心軟，只要他們跳入酒內，那罈酒就會逐漸變成醋，變得好酸好酸，酸得比酸梅還酸，酸到眼睛都瞇到底了也受不了的那麼酸。

「是新朋友嗎！」阿獅看不到後方，興奮的和我說。「就給他喝一口嘛，交新朋友啊。」

「不，不可以！」我大叫著，但是已經攔不住了。「嘿嘿嘿！」酸酸蟲把洞穴愈弄愈大，一下子就鑽了過來。我揮動四肢，阻擋一隻隻酸酸蟲爬過洞穴來，但我根本阻擋不了，我想推開一隻酸酸蟲，但是幾隻酸酸蟲跳上來抱住了我，我跌了一大跤，在地上彈來彈去。

「太好了啊——」酸酸蟲前仆後繼，跑入了我之前住的酒甕內。「噗通——」

「天啊，不要啊！」我大叫著，但是一點用都沒有，看著酸酸蟲跳入酒之中愉快的洗澡，用力喝酒，笑得齜牙裂嘴，我無力的躺在地上，失去了一切的希望……

就在這時候，沒想到窄小透光的洞口，竟然開始擴大——更強的亮光照入，讓我眼睛睜不開了。

「阿酒，是陽光，是真的陽光啊！」阿獅的眼前山壁被日光照亮，他興奮不已的大叫著，而我則是眨眨眼睛，看著眼前洞穴愈來愈大，那刺眼的光前露出了一個人形的逆光，缺口大得能走入一個人類，原來，是一個老人正在搬著石頭，他是誰？他的身後跟著幾個人，像是他的子孫，一起搬開石頭。

我想了好久好久，終於想起來，他是當年戰場上的年輕人，我就是跳入他抱著的酒鐔進來，現在他的鬍子比我的還長了。

「真的……真的是這裡。」老人看到山洞內就開始喃喃細語。「就是這裡啊。」

我望著老人，他走入山洞內四處張望著，終於找到了什麼似的拿起了阿獅，這時我才知道，原來阿獅是中空的，他的底座有一個凹洞，裡面藏著幾張摺了幾摺的紙。

「這是我同袍的遺書，當年說，如果回不去了，就交給我，那時候我也很危險，把信放在這裡，沒想到一埋埋了這麼多年啊。」

幾個中年人扶著感傷的老人，老人四下看，看見地上的酒甕，他蹲下來把酒甕打開，用食指沾著酒出來，放入口中喝。我看著老人的臉龐皺了起來，不知道是不是因為酸酸蟲跳入酒，讓酒變成酸醋，才讓老人酸得眼睛都皺起來。

「這是我們那時用高粱釀的酒。」沒想到老人突然把酒給抱起，讓酒倒在地上。「敬我的同袍。」

「欸欸欸，那是我的酒啊。」我和酸酸蟲同樣大叫，酸酸蟲們被沖出來，在地上滾了好幾圈。

看樣子，我要展開新旅程了，我嘆了口氣。

阿獅被老人捧了出來，他的臉上全都是青苔，老人拿出刷子把青苔刷洗乾淨，終於露出阿獅的獅子臉……但是，阿獅的臉已經被炸傷，缺了一塊臉，是一個缺角的風獅爺。

儘管是這樣，但那還是阿獅，這天夜裡，他被擺在一個洋樓的角落，終於面對著海洋。

酸酸蟲四處飛散了，而我這酒蟲感覺有些寂寞，是啊，我是個討厭熱鬧的彆扭的酒蟲。我是個沒釀過酒，只想撿現成的沒用酒蟲。我在外面飛啊飛，被風吹著跑，天黑了，我躲回山洞內，繼續睡我的大頭覺，翻來翻去睡不著。

「阿酒，來我嘴裡面睡覺吧。」阿獅遠遠的大叫。

「我……」

躺在阿獅的口中，看著遠方陽光要出來了，阿獅看著黎明的夕陽，凝結的露水在眼睛上流下來，我在那露水上打滾，讓露水也短暫的變成酒，落入了阿獅的口中。

「謝謝你的酒滴，阿酒。」酒在阿獅口中被蒸發了。「第一次看到黎明的太陽，非常感動。」

聽了阿獅的這句話，讓我很不好意思，我抖了抖身體，看著陽光照耀，讓我也好像酒醉一樣微醺著。

本文獲第十屆浯島文學獎兒童文學組首獎

編委的話

●何文捷：

這一篇戰地童話很感人，被困在防空洞裡的阿獅，相信自己有一天會重見陽光，釀酒的阿酒也在旁祈禱希望自己能再見光明，皇天不負苦心人，他們終於被人類挖出來了，原來故事裡還有當年同袍兄弟濃濃的情誼，我喜歡。

●楊子葳：

自從看過介紹金門的影片，我就喜歡上金門這個地方，它是戰地，也有悠久的歷史，而這故事就像金門高粱酒一樣，濃郁的香氣，讓人願意慢慢細讀，悠遊金門。

●劉巧華：

我覺得它讓我了解了金門的故事，讓我學到了很多以前不知道的事，例如，金門的特產就是高粱酒，還有金門原來是軍事重地，我一讀完就好想去金門參觀呢。

卷五

驚喜包舞台

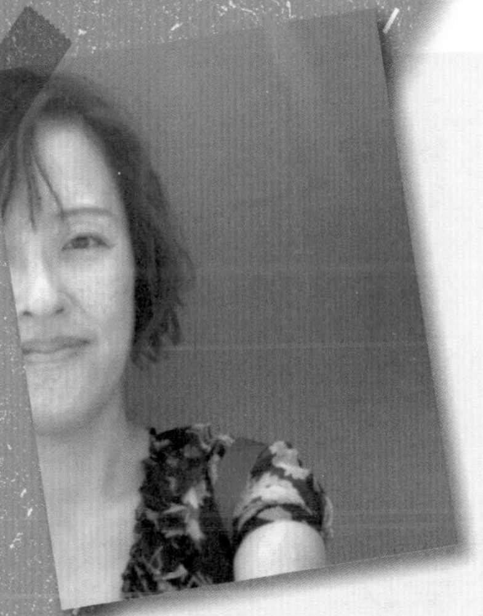

咖拉拉山的天使雕像

／楊　絢

◎ 插畫／李月玲

作者簡介

在古老的博物館工作，和鎮墓獸在同一層樓辦公。喜歡閱讀，最常閱讀封底和封面。喜歡上圖書館，但借了常看不完。喜歡圖畫書，希望有天也能畫。喜歡讀食譜，所以說得一口好菜。

最大的夢想是：在文字世界裡飛天遁地並長生不老。

童話觀

米開朗基羅聽見卡拉拉山石頭裡的呼喚，鑿出許多曠世奇作。

我聽完米開朗基羅的故事，以這篇童話，向大師致敬。

三月的春風，輕輕拂過咖拉拉山頭，冰涼涼的雪水融化，一路沿大理石山壁，嘩啦啦往下溜，溜進山腳下，一個大理石小凹洞。

「咖拉拉山的大理石，是全世界最細緻的大理石。」咖拉拉山的石匠都這麼說。

「咖拉拉山春天的雪水，是全世界最甘甜的雪水。」石匠口渴時，最喜歡來上一杯。

「不過，只有小凹洞的雪水，才喝得到青草的嫩芽香與野漿果的甜味噢！」老石匠對小石匠小米這麼說：「如果昨天是百里香和杜松果，今天的味道一定不一樣。」

「啊！真的嗎？好想喝喝看噢！」小米忍不住抿了抿嘴唇。可惜，小凹洞太淺，小米來得太慢，雪水一下子就見底了。

「今天到底是薄荷草加樹莓？還是佛手柑加雪松呢？唉。」望著溼漉漉的小凹洞，小米抿了抿乾裂的嘴唇，忍不住嘆口氣。

「啊！有了。」小米靈機一動，他像小狗伸出舌頭，對溼漉漉的小凹洞舔了又舔、舔了又舔。

「哇！有一朵朵洋甘菊，在舌尖轉圈圈！等下等下，還有鼠尾草刺刺辣辣的胡椒味。啊！真的好好喝。」

小米開心的跳起來。一不注意，腰間的鑿刀瞬間鬆脫，「鏘」的一聲，打中小凹洞。

「哎喲！哎喲！」山谷裡回盪著哀號聲。

他看看四周大聲的問：「誰在亂叫？」

「叫叫叫叫……。」山谷傳來回答。

＊

隔天一早，朝陽才剛拐進咖拉拉山谷，小米帶著大理石杯，又來到小凹洞。

「今天是肉桂加丁香耶。」他咕嚕咕嚕喝得好暢快。

「噓噓，我想噓噓。小米幫幫我。」小米專心喝著雪水，以為是春風呢喃。

「噓噓，我想噓噓。小米幫幫我。」小米咂了咂嘴，以為是小鳥啁啾。

「噓噓，我想噓噓。小米幫幫我。」小米打了個飽嗝，四處張望：「是誰？是誰在叫我？」

「噓噓，我想噓噓。小米幫幫我。」冷冽的晨風拂面而來，加上冰涼的雪水剛下肚，小米的牙齒開始打顫：「誰？你是誰？」

「我是小凹洞。噓噓，我想噓噓。小米幫幫我。」

「小凹洞怎麼會說話？」小米低頭看看小凹洞。

「我是小凹洞裡的香草小天使，一百年前，因為一時尿急，隨地噓噓，惹了咖拉拉山的大理石神不高興。」小凹洞咕嚕嚕又冒出雪水：「祂把我封進大理石，再用咖拉拉山的雪水，不停澆我的頭，要我好好反省一百年。」

「香草小天使？難怪小凹洞的雪水，喝起來特別香。那大理石神呢？祂去哪兒了？祂怎麼不來救你？」小米很好奇。

「祂雲遊四海去了。臨走前祂說：時候到了，救星自然會來。噓噓，我想噓噓。小米幫幫我。」小凹洞的雪水越冒越多。

「我要怎麼幫你啊？」小米有點口乾，他順手舀了一杯。

「把小凹洞整塊挖出來，雕成我就行了。」小凹洞裡只剩一小撮泡沫微微起伏。

「雕成你？我又不知道你長什麼樣？更何況我…恐怕我……！」小米差點嗆到。

「你一定可以的。噓噓，我想噓噓。小米幫幫我。」小天使的聲音，被汩汩冒出的雪水淹沒。

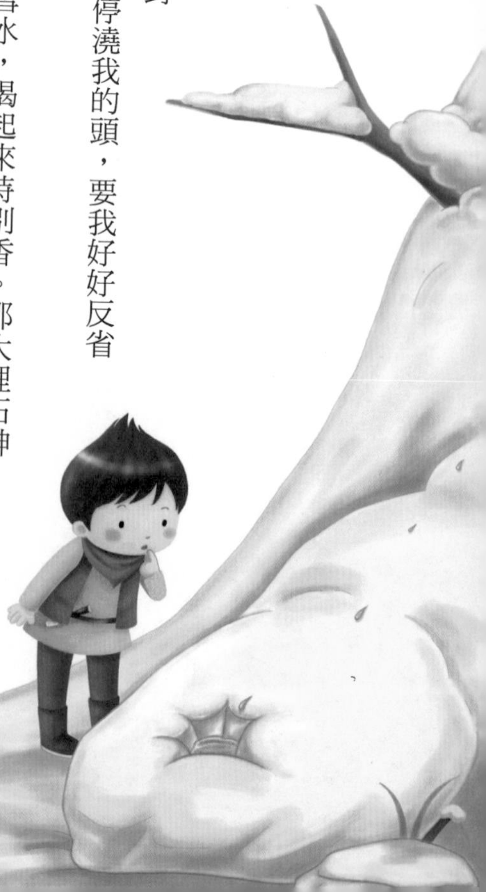

「好……好吧！我試試看。」小米有點同情小天使，他解下腰間的鑿刀，對準……。

＊

「叮叮叮叮！叮叮叮叮！」小米把大理石挖出來，一波波雪水，湧泉似的，靜靜滲入地面。

「我捲捲的頭髮像葡萄藤蔓。我有一雙愛心形狀的眼瞳，我還有一對雲朵般溫柔輕盈的翅膀……最重要的——小米，我想噓噓。」小凹洞一邊咕嚕嚕起泡，小米一邊用鑿刀勾勒他的模樣。

當春陽晒融咖拉拉山頭最後一塊積雪，一座全新的雕像即將誕生。

小米用錐子在雕像身上鑽出最後一個洞，「這樣一來，你就能把憋了一百年的雪水……」沒等小米講完，天使雕像旋即恣意噴放，四周頓時瀰漫一股清甜的水氣。

「這是誰的傑作啊？嘖嘖嘖！真是巧奪天工……」咖拉拉山的老石匠望著天使雕像，眼中滿是讚歎。「更奇妙的，這雕像還能噓出源源不絕、充滿花草香氣的雪水。這味道，跟小凹洞簡直沒兩樣！」

從此以後，小米學會用心聆聽，潛藏每塊大理石最深處的呼喚，然後一刻一鑿，將這些靈魂一一釋放。工作累了，他還是最喜歡到老朋友身旁，喝一杯充滿花草香氣的雪水。那滋味一如小米對雕刻的執著，永遠變幻著清新迷人的香氣。

——原載二〇一三年六月四日《國語日報・故事版》

編委的話

● **黃彥蓉：**

用心聆聽別人的心聲，了解別人需要什麼，做一個願意傾聽的人，就能擁有更多好友。

● **劉巧華：**

我覺得這篇故事很好笑！一個天使雕像可以冒出許多不同口味的「雪水」，而且好像都很好喝的樣子，雖然，我無法喝到雪水，但是讀這故事時，我已經在想像我喝雪水的模樣了。

● **劉冠廷：**

這一個雕像真有趣，要是我一直忍著不尿的話，可能會……，但我不會擔心，只要找一間廁所就行了。至於雕像呢？雕像呀，我跟你說，該忍的時候就忍，不該忍的時候就直接解放吧！

廢話回收有限公司 ／朱心怡

◎ 插畫／Kai

作者簡介

高雄人，國立清華大學中文博士，現任教於國立高雄餐旅大學通識教育中心。作品有〈小皮蛋〉、〈老農夫的寶貝牛〉、〈小房子的夢〉與〈調色〉等，曾獲得香港青年文學獎與台灣教育部文藝創作獎等獎項。

童話觀

讓故事裡的角色，帶領大家來一趟奇幻之旅，找回迷失的初心，重新看見閃爍在人間的溫暖光芒。

熱鬧街市的巷弄裡，突然出現了一盞昏黃的油燈，油燈下一隻髒兮兮的玩具熊端坐在木椅上，在玩具熊的胸前掛著一張指示牌，指示牌是個大箭頭，上面歪七扭八的字跡寫著：「地下室，廢話回收有限公司，專門回收你聽膩了的廢話。」

剛從補習班偷溜出來的皮皮被這指示牌給吸引住，他聽學校的老師說過紙、鐵罐與塑膠瓶可以回收，但是從來不知道「廢話」也可以回收！心想反正離回家的時間還早，抱著好奇心，皮皮順著指示牌的箭頭，走向通往地下室的階梯。一腳才剛踏進店門，就被腳下傳來的「歡迎光臨」招呼聲給嚇得後退了好幾步。

「別怕，那是我的小發明，歡迎光臨地毯。」一位長相酷似土撥鼠的矮胖老闆，緩緩的從店裡走了出來。他微笑的望著驚魂未定的皮皮，親切的問道：「你是來找廢話回收有限公司的嗎？請進來坐，我們專門回收你聽膩了的廢話。」

皮皮愣愣的點點頭，跟著老闆走進了店裡。店裡出乎意料的整齊明亮，街道霓虹的燈光穿透氣窗像一道道彩虹，映著滿櫃的玻璃瓶反射出七彩的光芒。皮皮看得出神，不自覺張大了嘴。

「想不到『廢話』可以這麼吸引人嗎？」老闆說著，輕輕拍了拍皮皮的肩頭，「請坐，你今天打算讓我們回收哪些『廢話』呢？」

「你們可以回收什麼樣的『廢話』？」皮皮納悶的問。

「我們回收廢話只有三個原則：一、罵人的話，不收；二、虛假敷衍的話，不收；三、無意義的話，不收。其他只要是別人對你說的話，你聽膩了，覺得是廢話，就都可以拿來回收。」老闆回答。

「那麼大家都拿什麼『廢話』來回收呢？」皮皮進一步追問。

「不一定，因人而異。比如說有位客人每天都會聽到好幾次的『少抽點菸』，聽得耳朵快長繭了，就把它拿來回收。也有位客人總聽見別人對他說『騎慢一點』，聽到不耐煩，就把它拿來回收。你最常聽到什麼話呢？」老闆邊說邊拿了兩只玻璃瓶給皮皮看。

皮皮忍不住把臉貼近了玻璃瓶，想要瞧個仔細。只見「少抽點菸」與「騎慢一點」就像一朵朵

飄浮的水母，又像一顆顆晶瑩的果凍，層層堆疊在瓶子裡。

「我最常聽到的就是爸媽說『我愛你』，這可以回收嗎？」皮皮問。

「你覺得爸媽說『我愛你』是廢話？」老闆吃驚的盯著皮皮瞧。

「不是啦！」皮皮自覺說錯了話，愧疚的羞紅了臉，回答：「我是想反正每天都可以聽到爸媽說我愛你，回收一些也沒關係。回收可以換錢嗎？」

「回收的確可以換錢，但你要記得一百句廢話才能換得一塊錢，一旦交易確定，那些廢話就會從你的記憶中消失，你不會記得對方曾經說過那些話。而且以後也不會再聽到對方對你說同樣的話。」老闆俯身靠近皮皮，認真的說著。

「一百句一塊錢，那麼我要怎麼知道有沒有一百句呢？」皮皮聽到廢話可以換錢，心動的想馬上交易。

「就像一般的回收一樣，我們也是秤重計價。」老闆拿出一個空的玻璃瓶給皮皮，繼續說道：「只要你將想要回收的廢話，朝瓶口大喊，我們就可以利用機器秤出這句話有多重，知道它有多少句，再來決定最後的價錢。」

沒有多想，財迷心竅的皮皮朝著空玻璃瓶大聲喊出：「爸媽說的『我愛你』。」瓶內馬上湧現無數顆透明的泡沫，滿得快從瓶口溢出。老闆見狀迅速闔上瓶蓋，將玻璃瓶放在一個留聲機形狀的機器上，不一會兒，轉盤上出現了一行數字：三千六百五十句。

見到這數字，皮皮開心極了，當下他決定要回收三千六百五十句爸媽說的「我愛你」。老闆很阿沙力的四捨五入，給了皮皮整數三十七塊。拿到換得的三十七塊，皮皮滿意的離開廢話回收有限公司，在路上用這三十七塊買了一包香噴噴的炸薯條，吃得津津有味。

第二天起床，皮皮見到爸爸和媽媽卻突然有種生疏的感覺，他一直在想爸爸和媽媽好像跟以前不太一樣，可是什麼地方不一樣，又說不上來。

這一天，廢話回收有限公司來了一位咳嗽不止的中年男子。

「歡迎光臨廢話回收有限公司，我們專門回收你聽膩了的廢話。」酷似土撥鼠的老闆笑吟吟的從櫃檯後走出來。

咳嗽不止的中年男子一手摀著嘴，一手顫抖的拿著一張交易收據問道：「咳、咳、咳，請問我曾經來這裡賣過任何廢話嗎？」

「這個我得查查，請問你的大名是……」老闆將中年男子的姓名輸入電腦，螢幕上跳出交易的明細：「妻子兒女說的『少抽點菸』，一千二百句，十二元回收。」

看到這個結果，中年男子咳得更嚴重，幾乎直不起身子。好不容易止住了咳，他深深的嘆了口氣，說道：「唉！原來妻子兒女早就勸我了，為什麼我不聽？為什麼我要把它當成廢話？如果早聽進去，今天就不會落到這個下場了。」

老闆扶著中年男子到櫃檯邊坐下，中年男子垂著頭自顧自的說著：「我平時菸不離手，妻子兒女一看到我抽菸，就躲得遠遠的。我不記得他們勸過我戒菸，現在想想一定是我把他們的關心當成廢話拿來回收了。如此一來，耳根清靜了許多，沒有人管，菸也就越抽越凶，現在會得到肺癌，一切都是咎由自取。如今能多帶些有他們叮嚀的回憶走，就是我最大的心願。」

抬起頭，中年男子問老闆：「我可以買回那些廢話嗎？自從我被醫師診斷出罹患肺癌後，就覺得悔不當初。我好想再聽見妻子兒女關心的嘮叨，我再也不會覺得那些是廢話了。現在我的生命就要到盡頭了，我希望能把他們說的每一句話都記在腦海，可以還給我那些話嗎？」

老闆拿出了計算機，回答：「關於買回，我們有公定價，一字千金。『少抽點菸』雖然只有四個字，卻說了一千二百遍。4×1,000×1,200=4,800,000。所以你要買回去可以，但必須付出四百八十萬元，你願意嗎？」中年男子聽到這龐大的數字，驚訝的瞪大了眼，猶豫了許久，決定接受。因為每一句話，都是妻子兒女出自真心的關懷，都是生命中的無價之寶。

吞下那一朵朵像水母般的透明體，熟悉的聲音逐漸在腦海浮現，中年男子心滿意足的離開。

隔了幾天，廢話回收有限公司來了一位拄著拐杖的青年。

「歡迎光臨廢話回收有限公司，我們專門回收你聽膩了的廢話。」放下手中正在擦拭的玻璃瓶，老闆熱情的上前迎接客人。

拄著拐杖的青年帶著滿臉的狐疑，掏出口袋裡的收據問道：「請問我曾經來這裡賣過什麼廢話嗎？」

「這個我得查查，請問你的大名是……」老闆將青年的姓名輸入電腦，螢幕上跳出交易的明細：「家人親友說的『騎慢一點』，八百句，八元回收。」

看到這個結果，青年禁不住放聲大哭：「原來大家早就勸我了，為什麼我聽不進去？為什麼我要把它當成廢話？如果早聽家人朋友的勸，我就不會騎快車撞到人，害人害己了。」

老闆已經猜到青年發生了什麼事，默默的搖著頭。擦乾淚水後，青年哀求老闆：「我可以買回那些話嗎？自從我騎快車撞到人後，親朋好友都對我失望透頂，再也不搭理我了。我好想念他們從前的囉嗦，我再也不會覺得那些是廢話了。我要把那些話都牢牢記在心頭，可以還給我那些話嗎？」

老闆拿出了計算機，回答：「要買回去，我們有公定價，一字千金。『騎慢一點』雖然只有四個字，卻說了八百遍。4×1,000×800=3,200,000。所以你要買回去可以，但必須付出三百二十萬元，你願意嗎？」青年聽到這昂貴的價錢，驚訝得說不出話來，落寞的轉身準備離去。

看到青年這副喪氣模樣，老闆同情的說到：「如果一時付不出錢，你也可以拿東西來抵押。」

「可是我身上沒有什麼值錢的物品。」青年困窘的回答。

「誰說沒有，你的年輕活力就是最大的本錢。只要你有空就過來幫我打掃店裡店外，我就讓你以工償債，把那些話還給你。」

青年感激的握住老闆的手，他把家人親友對他說的「騎慢一點」都買了回來。吞下那一朵朵像水母般的透明體，熟悉的聲音逐漸在腦海浮現，青年千道謝萬道謝的離開。

青年人前腳才剛走，「歡迎光臨」的聲音又響起，門口來了一位滿臉愁容的婦人。

「歡迎光臨廢話回收有限公司，我們專門回收你聽膩了的廢話。」老闆用一貫的熱情招呼著新來的客人。

婦人略顯緊張的東張西望，遲疑著不敢踏進店內。

「請進，不要害怕，我們是正派經營的公司。」老闆臉上堆滿了微笑，親切的說著。

「我……我……我想請問，這是你們店裡開出來的收據嗎？」婦人從皮包裡拿出一張皺巴巴的紙條，吞吞吐吐的說明了來意。

「讓我看看，」老闆接過去看了一看，回答：「沒錯，是我們店裡開出的收據。請問有什麼問題嗎？」

「這張收據出現在我孩子的衣服口袋裡，我很擔心，不知道他為什麼會到你們店裡，他做了什麼？為什麼你們會給他三十七塊？」婦人憂心的問著。

「我們專門回收廢話，所以他一定是拿廢話來我們這裡回收。」老闆回答。

「回收廢話！我從來沒有聽過，我是他的母親，可以告訴我他來回收什麼廢話嗎？」婦人困惑的追問。

「很抱歉，基於維護客人隱私的立場，我們不能洩漏交易的內容。但妳放一百二十個心，我們做生意絕對是童叟無欺，不會看妳的孩子年紀小，就占他的便宜。」老闆拍著胸脯向婦人保證。

「這樣啊！」婦人難掩失望的神情，試探性的問道：「那麼可以告訴我，這三十七塊是怎麼計價的嗎？」

「這計價方式是公開的，讓妳知道也無妨。我們全部是以量計價，一百句廢話可以換得一塊錢。舉妳手中的收據為例，三十七塊錢就等於回收了三千七百句廢話。」老闆詳細的說明著。

「三千七百句，這麼多。」婦人聽到後，眉頭皺得更緊了。「那三千七百句真的全部都是廢話嗎？」

「是不是廢話，要由客人決定。不過，那些話全都是客人當時聽膩了的話，這點是肯定的。」老闆直率的回答。

擔心這樣下去無法解決問題，婦人開口懇求老闆的協助：「皮皮是我的寶貝，是我願意犧牲一切去保護的孩子。自從那一天從補習班回家後，他就變得很奇怪，好像對我和他爸爸很陌生。我問過補習班老師，他們說皮皮那天沒有去上課。我發現了這張收據，我真的迫切的想知道他那一天在這裡到底發生了什麼事？請你高抬貴手，讓我的寶貝恢復正常。」婦人說著說著竟開始啜泣起來。

「唉！」老闆長長嘆了一口氣，非常為難的說道：「不是我不願意幫妳，但不論大家是否同意那是廢話，不是本人就沒有辦法贖回曾經拿來回收的話語。」

「為什麼？」婦人問。

「這跟禮物送出手就不能要回來一樣啊！話一旦說出口，就不再屬於說話的人了，它的意義、它的價值全由聽話的人決定。」老闆安慰著婦人，繼續說道：「如果妳真的這麼在意，不如勸孩子單獨來一趟，由他決定。」

「只好如此了。」婦人無奈的離去。

幾天後，皮皮再度來到廢話回收有限公司，像上次一樣望著那些閃耀著繽紛光彩的玻璃瓶看得出神。

「好久不見。最近還好嗎？」老闆關心的問候著皮皮。

「我…」皮皮沮喪的回答，「我好像不是爸媽的親生孩子，我不記得他們說過任何愛我的話語，我覺得好難過。」

「真的嗎？」老闆故作吃驚的問。

「嗯。我只記得他們每天催我起床、逼我去補習、不准我看電視，還有要我打掃房間等等，都是命令的話，不記得他們曾經溫柔的關心過我。」皮皮氣嘟嘟的說著。

「有沒有可能他們說過很多遍愛你的話，卻被你當成廢話呢？」老闆問。

「怎麼可能，我才不相信他們會說出愛我的話。」皮皮篤定的回答。

「那麼讓我們來查一下交易紀錄好不好？」老闆問。

「好啊！」皮皮心想自己等爸媽說一句我愛你都等不到，怎麼可能會把它當成廢話回收。

老闆將皮皮的姓名輸入電腦，螢幕上跳出交易的明細：「爸媽說的『我愛你』，三千六百五十句，三十七元回收。」

看到這個結果，皮皮怔住了，原來他的爸媽對他說過那麼多的愛，他不是撿來的孩子，他真的是爸媽親生的，是他誤會自己的爸媽了。

「我原來那麼幸福，爸爸媽媽對我說過上千遍的愛。」皮皮自言自語的說著。

這時候，老闆從櫃子上拿下一只玻璃瓶給皮皮看，瓶裡是皮皮拿來店裡回收的廢話。當初那些透明的泡沫已經漸漸凝固成為水母模樣，層層堆疊著，像可口的果凍引人垂涎。

「這些可以還給我嗎？」皮皮問。

「有點困難。」老闆回答。

「為什麼？那些話不是本來就屬於我的嗎？」皮皮疑惑的問。

「因為我們店裡回收與贖回的計價方式不太一樣，說出來你可能會嚇一跳。」老闆拿出計算機向皮皮解釋著：「回收廢話時，我們一百句算一塊錢。但是要買回去，我們有公定價，一字千金。『我愛你』雖然只有三個字，卻說了三千六百五十遍。3×1,000×3,650=10,950,000。所以你要買回去的話，就必須付出10,950,000元，你有這麼多錢嗎？」

皮皮認真的數著計算機上的數字，「個、十、百、千、萬、十萬、百萬、千萬，什麼！一千多萬。」皮皮發出一聲驚呼，那是他從來沒有見過的天文數字，皮皮簡直不敢相信自己的眼睛。

「黑店，你怎麼可以賤買貴賣。快把我的東西還給我，不然我要叫警察來抓你。」皮皮生氣的叫道。

「你這小孩子怎麼這麼不講理，」老闆板起臉教訓起皮皮：「當初是你自己覺得那些是廢話，心甘情願讓我回收的，沒有任何人逼你。我還好心提醒你回收的確可以換錢，但是一旦交易確定，那些話的聲音就會從你的記憶中消失，日後再也想不起。現在你反悔了，怎麼就把過錯推到我頭上。」

「本來就是，當時回收時你只給我三十七塊，憑什麼現在我想要回來，就得付給你一千零九十五萬元。你不是開黑店是什麼？」皮皮說得理直氣壯。

老闆也不甘示弱，振振有辭的回答：「我當然不是開黑店。你要搞清楚，我回收的是『廢話』，你都覺得不想聽的廢話怎麼會值錢？而現在你想買回去的是對你來說很重要的話，重要的話當然昂貴。怎麼可以放在一起相提並論。」

「可是那明明都是同一句話。」皮皮高聲抗議著。

「同一句話卻對你有不同的意義，可見得問題是出在你，而不是我。不是嗎？」老闆反問皮皮。

皮皮被問得啞口無言，老闆說得沒錯，是他自己不懂得珍惜，總嫌爸媽囉唆，怎麼能怪老闆呢？他向老闆鞠躬道歉，說道：「是我做錯了，請你原諒我，能不能再給我一次機會？我沒有那麼多的錢，還有什麼方法可以贖回那些話？」

感受到皮皮的誠意，老闆也不再追究，他說道：

「你年紀還小，一切都還來得及。現在知道爸媽有多愛你，以後就不要再讓他們傷心。只要你答應我以後會乖乖聽爸媽的話，做個好孩子，我就把你爸媽說過的三千六百五十句『我愛你』通通還給你。但要記住我這麼做不是因為你，而是為了深愛你的母親。」

答應會好好聽爸媽的話，皮皮吞下那一朵朵像水母般的透明體，溫暖的感覺在體內蔓延。皮皮雀躍的抱住老闆親吻他的臉頰，帶著滿懷的幸福揮手道別。

廢話回收有限公司依舊照常營業，你有聽膩了的廢話嗎？

本文榮獲一〇二年教育部文藝獎教師組童話類優選

編委的話

● 何文捷：

我們誤把親人的叮嚀當成耳邊風，以為愛是隨叫隨到，毫不珍惜，最後才讓自己事後後悔，卻又已經來不及了，愛要及時，這是我最大的體會。

● 楊子葳：

如果說出去的話可以回收，世上想必就沒有那麼多破裂的婚姻了吧！父母不吵架，夫妻不鬥嘴，大家都能和樂融融的相處~~

● 劉巧華：

之前我一直覺得媽媽罵我的話都是廢話，長大後才發現，原來那些話不是廢話而是包含了好多媽媽的愛，如果世界上真的有廢話回收有限公司，我也想回收那些老師曾經罵過我的話，希望我能因此變得更好。

小鑰匙

／哲　也

◎ 插畫／李月玲

作者簡介

童書作家，曾獲中國時報開卷年度最佳童書、好書大家讀年度最佳少年兒童讀物獎。作品包括《晶晶的桃花園》、《童話莊子》、《我親愛的至聖先師》、《晴空小侍郎》、《明星節度使》、《湖邊故事》、《火龍家庭故事集》、《小火龍棒球隊》、《小火龍便利商店》、《小火龍與糊塗小魔女》、「青蛙探長和小狗探員」系列、「叮咚小悟空」系列等。

童話觀

用愛和語言，加上幽默感，加上一些漫畫、一些電影、一些電動玩具、一些音樂、小小的叛逆，很多善意，最後加上誠心誠意的祈禱，希望小讀者喜歡高興，稿費也不會太少，然後碰碰運氣，就有可能出現好故事一篇，也許。

達達王子和卡卡王子，小時候是好朋友，長大以後，就變成兩個國家的國王。

有一天，東方國的達達王氣急敗壞的衝進宮廷魔法師的實驗室。

「你看！西方的卡卡王寄來的求救信！」

信上寫著：

> 我被關起來了，快來救我！

魔法師透過水晶球看了看，說：

「卡卡王被鎖在一座高塔裡，不只是這樣，他的王國裡的每樣東西，都被鎖起來了。如果你真的要救他的話……」

「就帶一支軍隊去？」

「不，你只要帶著這個去就行了。」

魔法師從抽屜裡取出一大串鑰匙。

「這是一串魔法鑰匙，可以打開任何鎖起來的東西。」

哇！好大一串鑰匙！每支鑰匙都金光閃閃，非常美麗，只有最小的那把小鑰匙，看起來普普通通，還有點生鏽。

「這把小鑰匙是……？」達達眼睛裡有問號。

「那才是最重要的一把鑰匙呢。」魔法師摸著長鬍子說。

於是達達王出發了，他跳上皇家機器人的駕駛座，拿出那串魔法鑰匙。

「真的什麼都能打開嗎？我倒要試試看！」

他把第一把鑰匙插進鑰匙孔裡一扭，引擎發動了。

他駕駛著機器人走過草原，來到海邊，用第二把鑰匙啟動一艘大船，航行到海中央，發現一座無人島，用第三把鑰匙打開島上山洞的密門，用第四把鑰匙打開了山洞裡的寶藏箱。

哇！好多金銀財寶！

達達王把寶藏搬上船，繼續向前航行，終於在西方王國靠了岸。

上了岸一看，果然不錯，什麼都被鎖起來了。

橋被鎖起來，路被鎖起來，公車被鎖起來，紅綠燈被鎖起來，連垃圾桶也被鎖起來。

公園被鎖起來，盪鞦韆被鎖起來，噴水池被鎖起來，每隻小狗小貓也都被鐵鍊拴起來。

火災的時候沒辦法滅火，因為救火車被鎖起來了。

圖書館沒辦法借書，因為每本書都被鎖起來了。

人民都苦著臉，但是不敢抱怨，怕自己也被抓去鎖起來。
達達王拿出魔法鑰匙，沿路把鎖起來的東西都一一解開。
他打開花園大門，打開學校大門，打開遊樂場大門，解開被鎖起來的雲霄飛車……
最後他把找到的寶藏分給大家，也打開了大家的笑容。
然後他直直走到皇宮前面，按了電鈴，等了五分鐘。
沒有回音。
他拿出鑰匙打開皇宮大門，打開城堡大門，打開宮中一道又一道的鐵門……沒有衛兵阻止他，衛兵的武器都被鎖起來了。
最後，達達打開國王的房間大門。
卡卡王滿臉鬍子，無精打采坐在書桌前。
「你終於來救我了。」卡卡王說。
「你的鬍子太長了吧？」達達王說。
「沒辦法，刮鬍刀被鎖起來了。」
「是誰把你關在這裡？這一切到底是誰造成的？」
「我自己。」
「為什麼？」

「因為有一天，飛來一隻鸚鵡，一直唱著這首歌。」卡卡王指著他的書桌上。

果然，有一隻機器鸚鵡站在書桌上，一直低聲唱著：

鎖起來，鎖起來，把每樣東西都鎖起來，
鎖起來，鎖起來，這樣才不會被弄髒、弄壞，
鎖起來，鎖起來，這樣才不會進了別人的口袋……

「鎖起來，鎖起來，每樣東西都要好好的鎖起來……」卡卡王也跟著唱，原來他被催眠了。

達達王試過所有的魔法鑰匙，也關不掉機器鸚鵡。最後他想起那支最小的小鑰匙。卡！小鑰匙插進鸚鵡背後的小鑰匙孔，一旋轉，機器鸚鵡終於不唱了。

「好神奇的一串鑰匙！」卡卡王眼睛發亮。「可以送給我嗎？我要把它們好好鎖在櫃子裡。」

達達王把整串鑰匙丟進垃圾桶。

「你不要了嗎？」卡卡王歪著頭。

「如果我什麼都不鎖，要鑰匙做什麼？那串鑰匙重死了。」達達笑著說：「請我喝

杯咖啡吧，我知道街角有一家咖啡廳，從來不鎖門，二十四小時全天開放。」

——原載二〇一三年六月五日《國語日報・故事版》

編委的話

● **黃彥蓉：**

人要放下包袱，才能自在快樂，樂意把東西與人分享，就不必帶那麼多的鑰匙了。因為分享，人生才能充滿樂趣。

● **何文捷：**

一支小小的鑰匙，可以打開夢想中的大門，你是否想要擁有這支小鑰匙，只要「擁有認真過好每一天」的鑰匙，什麼門都會被你開啟的。

● **楊子葳：**

想要的越多，煩惱也就越多，生活簡單過：有家人的陪伴，有朋友的關懷，那就是最美的世界，不必緊張兮兮的拿著鑰匙自尋煩憂。

喉嚨裡的流星雨 ／林世仁

◎ 插畫／Kai

作者簡介

文化大學藝術研究所碩士，曾任英文漢聲出版社副主編，目前專職創作。作品有童話《魔洞歷險記》、「字的童話」系列、《換換書》、《11 個小紅帽》、《流星沒有耳朵》、童詩《文字森林海》、《誰在床下養了一朵雲？》等卅餘冊。曾獲金鼎獎、國語日報「牧笛獎」童話首獎、聯合報和中國時報年度最佳童書等。

童話觀

童話，是用「童心的話語」所創作出來的幻想故事。

童心，是以「新鮮的眼光」來看這個老舊的世界。

六歲之前，我每次感冒，都會先喉嚨痛。

「扁桃腺發炎！」每一次，醫生都這麼說。

有一天，我又喉嚨痛，立刻搶在風之前趕到醫院。

「你昨天吃了什麼？」醫生一邊檢查我的喉嚨，一邊問。

「楊桃。」

「楊桃？」醫生的眉毛皺了起來：「嗯……切開的楊桃是有點像星星……怪不得，你的喉嚨裡正在下流星雨！」

「流星雨？」全院的護士都跑過來看。「真的耶！真的是流星雨。」

醫生用鏡子照給我看。

哇，黑黑的喉嚨裡好像在放煙火，咻！咻！咻！一陣一陣，閃閃亮亮，偶爾還劃過一顆紅色的火流星……

醫生立刻發號施令：

「快拿照相機來！」

「打電話給天文台長！問他流星雨要怎麼採集？」

「對了，順便問問博物館長，看他要不要訂幾顆流星？」

護士長忍不住舉手：「請問……我可以許願嗎？」

「哎呀，我怎麼沒想到！」醫生大叫一聲。

於是，在天文台長、博物館長趕來之前，我都張著嘴巴，看著醫生、護士一個接一個，閉著眼睛，雙手合十，對著我的嘴巴許願……

第二次喉嚨痛，我拉著風尾巴跑到醫院。

「你昨天又吃了什麼？」醫生皺起眉頭。

「三顆火龍果。」

「沒道理，」醫生說：「我昨天也吃了三顆火龍果。」我發現醫生戴上了防毒面罩。「你的喉嚨裡有一座火山！」

「火山？啊，我想起來了——我昨天有夢到火山！」

「哈，怪不得！」醫生懂了：「夢從你的腦袋瓜裡掉進喉嚨，卡在扁桃腺上！」醫生又翻查了一下《火山大全》：「乖乖，這種火山只有義大利才有！岩漿溫度高達一千多度！護士長，快幫我接消防大隊！」

一群救火英雄全副武裝，在我面前排成一條長龍。

「到喉嚨裡滅火？乖乖，這還是第一次！」消防隊長立刻接起長長的水管，抓穩噴頭。「咦……噴頭比小朋友的嘴巴還大？這可真傷腦筋！」

還好我夠聰明：「要不要用水槍？」

「好主意！」消防隊長立刻從玩具店裡買來三打水槍，一人兩枝，輪流朝我的嘴巴猛射。連醫生、護士都來幫忙！

「哈，好像在打電動！」

「耶，隔著三公尺遠，我一樣射得到！」

「嘿，我是雙槍俠！」

「快點！快點！換我了——」
「哇，好久沒玩水槍了，真懷念小時候呀——」
……
等到醫生、護士、消防隊員都噴得一身濕了，我的喉嚨終於清涼下來。
「只是暫時止住。」醫生開了一堆消炎藥給我。
「對了，在扁桃腺消腫以前，你必須戴口罩！」醫生又仔細叮嚀我：「不然，你喉嚨裡的火山灰如果飄出來，整個台灣島都會遭殃！」
嗯，為了台灣島的安全，我只好乖乖戴上口罩，每隔五分鐘就噴一次消炎藥。
有好長一陣子，我沒再感冒。偶爾溜到城裡玩，路上遇見醫生，他總是回頭望著我。那眼神，嗯……就像隔著玻璃櫥窗盯著玩具瞧的小男生！
當我再一次喉嚨痛，醫生在大門口迎接我。
「乖乖！你這一次……喉嚨裡在大塞車呢！」醫生用手電筒仔細照著我的喉嚨：「嘖嘖，好像全台北的車都擠到馬路上，紅綠燈還胡亂閃！」
他壓壓我的舌頭，裡頭傳來一陣急促的喇叭聲：「叭！叭！叭！叭！」

「嗯……基於職業道德，我必須告訴你……」天氣冷，醫生的舌頭好像被凍僵了：「要你的扁桃腺不再作怪，只有一個辦法——把它割掉。」

割掉？怎麼可能？如果你有一個這麼棒的扁桃線，你會捨得割掉它？

看我一直搖頭，醫生的表情一下放鬆下來，舌頭也飛轉起來。「咻——！」的一聲口哨，只見他雙手興奮揮舞，大聲呼喚：「護士長，

快！快打電話叫交通警察來！哦，對了……順便找一本《交通手勢指南》給我，狀況緊急，我得立刻來幫忙呢！」

——原載二〇一三年三月二十八日《國語日報．故事版》

編委的話

● **何文捷：**

我剛剛真的有用鏡子照了我的喉嚨，可惜我沒看到流星，只見到一片汪洋大海，海上有艘帆船，船上還有一批快樂的海盜在唱歌，他們唱的什麼呢？噓，我不能告訴你，這是我的祕密，如果我遇到林世仁老師，我才會告訴他。

● **黃彥蓉：**

這故事充滿想像力，好像可以繼續出續集，很適合孩子看，讓我看了整個人都很開心，名字也取得很吊人胃口，喉嚨裡出現流星雨？這個點子超好看！

● **劉冠廷：**

吃楊桃竟然能吃出一場流星雨？而且那個流星也能許願哦～我也好想住在那樣的世界，真希望我也能遇到那個男孩，我也要向他的喉嚨許願。

事關童話，非說不可

王文華

一百零二年，悶。

經濟不亮眼，股市很呆板，食品不安全，政治……

不過，這一年，我帶著班上的孩子，窩在童話的國度裡悠遊。感謝童話，在這悶得讓人無言以對的年代，幸好，還有童話森林可以容身。

童話，來自篝火邊吟遊詩人傳唱的故事，經過媽媽們紡紗車邊的轉述，歌頌著王子與公主，巫婆與神仙教母的傳奇。

代代相傳，直至今日，今日，童話裡的巫婆還在嗎？那些魔法呢？在手機、平板縱橫的時代，孩子們還相信童話嗎？

解答在哪裡呢？我們讀了整整一年的童話，從中精挑細選，最後才有了今日您手上這本童話選，答案是否在其中呢？

或許，還得繼續看下去……

關於選集的種種

我在一所離城稍遠的丘陵小學教書。

幫我選童話的孩子，就是我自己帶的班級，他們都很純樸，功課壓力沒有城裡孩子大，體育都不錯，喜歡讀書的孩子占了一半，剩下的孩子對書的態度沒那麼親切，但也不至於有仇，這麼一班孩子選出來的童話，基本上很貼近普羅孩子的想法。

我要感謝埔里圖書館的大力協助，他們雖然只是一個地方型圖書館，但是各種期刊雜誌皆齊備，暑假中，我帶小朋友去借報紙找雜誌，館員們都很熱心協助，減少我們蒐集的時間。

拜現代神奇的科技，臉書上的朋友很幫忙，當我需要各種雜誌時，各地的網友們立即響應，有人寄影印稿來，有人傳電子檔來，還有位熱情老師直接開車把家裡的雜誌送來。

感恩啊！

你們就像灰姑娘遇到的神仙教母般，讓我深深一鞠躬，各位更該對手上這本童話選報以無限的珍視，沒有這些熱心的朋友，這本選集就不可能如此豐富精采。

縱觀一年來童話的產出，在版面上，《國語日報》依然是最重要的支柱，入選的二十三篇童話，《國語日報》以十四篇，占了百分之六十強的篇幅領先群雄。這一方面證明它猶如大海之廣納百川，創作者們莫不以登上《國語日報》為揚名立萬之宗旨，另一方面卻也顯示，國內兒童報紙之貧瘠，只此一家，再無分號了。

真懷疑，哪年若《國語日報》不幸消失了，童話在台灣會有多寂寞？

幸好，除了《國語日報》外，《未來少年》算是近幾年登場較重要的童話刊載園地，我們今年選到的〈功夫魔法四聖獸〉，它一期的字數四千字，分量夠重，直追牧笛獎的五千字，所以能在《未來少年》刊載出來的作品都有一定的水準。

在文學獎的部分，全國性的有一年一度的牧笛獎、教育部文藝創作獎，而各縣市也或多或少有辦童話徵選，我們今年從台南、桃園與金門的文學獎裡，找到了幾篇很棒的作品。

台南與桃園的兒童文學獎，雖然辦沒幾屆，但是作品的水準直追教育部文藝創作獎；金門浯島文學獎兒童文學類，較偏重在地的書寫，小主編沒去過金門，他們卻在這批童話作品裡認識了金門，個個嚷著想去金門玩，原來，童話也負有當觀光大使的功能，值得推薦給各地文學獎主辦單位，來年多辦幾個兒童文學獎嘛！

關於作品的種種

這回入選的二十三篇作品，〈阿酒與阿獅〉最富有本土特色的童話，脫掉王子公主的公式，去掉魔法與巫婆的限制，它找到了一條屬於金門的鄉土傳奇，成功的揉進金門高粱、風獅爺與戰地坑道，金門特色鮮明得讓人想擊掌。

往年經常入選的朋友，哲也的〈小鑰匙〉依然輕快有韻而又帶有濃厚哲也式溫馨風；林世仁的〈喉嚨裡的流星雨〉光聽名字就有詩味，三段喉嚨生病的節奏中，摻進世仁獨特的童話視野，由小喉嚨而見大宇宙，新鮮有創意，難怪小主編們對這篇極度推崇。

林哲璋的〈功夫魔法四聖獸〉應該又是他一個新鮮嘗試，從點心學校帶起一股童話修辭新顯學後，我想他又開始要做個新玩法了，把唐詩拿來當成魔法，後續會怎樣？令人滿心期待。

楊隆吉今年沒缺席，他的〈有尾的無尾蛇〉藏在《Top945康軒學習雜誌》進階版裡，如果不是熱心網友提供雜誌，差點漏了這位年年入選的大作家。隆吉的風格在國內童話界算是十分獨特的，玩諧音、詞句轉換的功夫沒人比得上，而他又擅於用很無厘頭的方式出場退場，看完我還想問為什麼，四周的孩子已經先笑開來了。

笑聲說明一切，當然入選！

楊茂秀教授的〈教石頭說話的男人〉讓孩子們掀起一波討論的高潮。

「石頭怎麼會說話？」一個小主編問。

「不是說頑石不點頭嘛？」另個小主編贊成。

「也有人說糞坑裡的石頭又臭又硬，它們是啞巴！」又有人想到了。

「所以才要一代一代的傳承下去嘛。」小女生解釋，她們開始覺得這些小男生像石頭了。

「那是愚公移山。」男生反駁。

「所以這個男人是愚公囉？」女生說。

「不對，說不定是陪他教石頭說話的小男孩。」最後他們的結論，「那到底這故事要表達什麼？」

對了，看楊教授的文章，總能讓孩子花時間去想想，然後好像有很多可能，可能都對，也可能都不對，太高竿了。

吳蕙純的〈照心湖〉是篇談友情的童話，它原是《國語日報》一項看圖徵文的故事，蕙純能在眾家高手中脫穎而出，不但登上《國語日報》版面，也被孩子們看上她「友情需要互相諒解，彼此設想」的主題設計而入選今年童話選。

下回再有看圖說話比賽，請試著去磨磨自己的筆吧。

〈出租時間的熊爺爺〉文章不長，故事卻受小朋友歡迎，他們喜歡這種分享的創意概念，小朋友都被出租時間幾個字給吸引了，一看到篇名就直嚷著要選這篇，人家說好的開始是成功的一半。

如果能選個好的題目，更是入選的保證。

一樣光憑題目就取勝的作品還有〈熊貝貝的糖果店〉，沒錯，糖果店真的對孩子們有莫名的磁吸效應，不管男生女生，而讀了故事後，他們的反應也很激烈，個個都立志要找熊貝貝買糖果，童話吸引人的地方，莫過如此，能讓孩子一眼愛上，反覆討論之。

〈拯救巨人普拉拉〉的架構完整，作者有心想呈現一個書與人之間對話的空間，讓小讀者進入書裡幫普拉拉解決難題，可樂河的設計很有趣，小男生很喜歡，而行文間的和緩卻又對了女孩子的口味，是今年的亮眼之作。

來自教育部文藝創作獎的〈廢話回收有限公司〉是今年裡，少數幾篇融入現代生活的故事，不讓童話一出場就被人判為老式文學的刻板印象，日式童話雜貨包裝了現代兒童容易忽略的愛當主軸，交換與後悔永遠是人與魔鬼交易最可能出現的結局，一氣呵成的故事節奏，相信會讓小朋友愛不釋手。

〈收集眼淚的怪獸〉趕在十二月的尾巴出現在《國語日報》上，怪獸用眼淚幫星星發亮的點子讓我們叫好，小男孩失去了狗狗貢丸，卻意外發現怪獸的祕密，一個膽小的孩子最後能鼓起勇氣得到林奶奶的安慰，或許就是這股想念的力量，才能跨越星空與生死兩界，鼓勵孩子勇敢朝未來出發吧。

小朋友小時候都喜歡打了赤腳跑步，脫了鞋打球，如果你不禁止，每個孩子都喜歡這麼做，這也能解釋〈赤腳唱歌的貓表姐〉為什麼深受孩子共鳴，因為周銳寫出孩子們的童心嘛（其實不止孩子，傍晚的操場，有好多大人都是打著赤腳散步的），至於打赤腳後是不是唱歌就保證好聽，嗯，你可能需要去問周銳。

〈蛞蝓找房子〉是一篇黑色喜劇，一隻深受垃圾困擾的蛞蝓，為了找到自己的家，在滿布垃圾的溪邊最後住進一個蚌殼裡，結果卻被貪心的人們給丟棄，最後落進小溪，成了魚的大餐。

環保不是口號，要落實去做，童話反應的，就是我們這個時代的想法，在小朋友哈哈大笑的同時，卻又已經把環保意識植進他們心裡了。

關於年度童話獎

年度童話獎的選拔上，一波三折。

遠在暑假時，所有的孩子即已決定，要把年度童話獎頒給〈出租時間的熊爺爺〉。這故事其實很有趣，熊爺爺願意把時間出租去幫助大家，故事不長，卻在那個蟬聲繚繞的午後，成了他們初識童話的最愛。

「我喜歡分享，很棒。」我記得楊子葳這麼強調過，她是小主編之一。

「很有創意，而且不長。」這是劉冠廷的心聲，他平時沒那麼愛讀童話，短篇童話對不愛閱讀的孩子來說，竟然某種致命的吸引力（或省力）。

既然大家都這麼決定，我也樂得輕鬆，聽說從沒這麼早就決定年度獎的了，那時才七月，氣溫炎熱，而我們已經把一件大事搞定。

孩子們的堅持，持續到了十二月，天氣冷了，我們也把這二十三篇文章讀了又讀，看了又看，他們的評語一篇篇出籠，最後一天，我想該交稿了，應該沒問題了，就是〈出租時間的熊爺爺〉。

「可是我想換耶。」詹皇堡說，「我覺得〈黑熊爺爺忘記了〉更好耶。」

「啊？可是都快截稿了。」

「老師，再討論一次嘛，你要慎重，一年才一位得主耶。」黃彥蓉，她是女生派的主力，七月最推崇〈出租時間的熊爺爺〉的也是她，「畢竟一輩子說不定只當一次小主編，要慎重。」

她的說法沒錯，一年一次的童話獎得主，一輩子說不定只編一次的經驗，於是，我們就在圖書館裡召開會議。

第一輪投票，入圍的有五篇：〈阿酒與阿獅〉、〈熊貝貝的糖果店〉、〈照心湖〉、〈黑熊爺爺忘記了〉和〈出租時間的熊爺爺〉。

孩子果然是善變的，一次多了四篇進來。

「你們以前很喜歡〈出租時間的熊爺爺〉，現在為什麼不要它了？」

「因為我們長大了嘛。」詹皇堡說，「以前年輕不懂事。」編一本童話集，他竟有長大的感覺，這也太神了。

孩子們討論自己喜歡的作品，為自己支持的作品拉票，也對自己最不支持的作品講出看法。

因為有討論，很明顯的看到孩子們分成兩大派：

男生喜歡〈出租時間的熊爺爺〉，把時間拿來分享的創意，博得男生的激賞。

女生大多喜歡〈熊貝貝的糖果店〉，那種為顧客量身訂做糖果的點子，也激發她們好多「如果我能訂糖果，我要訂製哪種糖果」的討論。

而〈黑熊爺爺忘記了〉是多數孩子同時的選擇。

第二輪重新投票前，情勢明朗：

〈出租時間的熊爺爺〉點子好，女生覺得它的情節在第一次分享時已經猜出結尾了。〈熊貝貝的糖果店〉最後沒什麼驚喜。男生這麼覺得，我很高興，他們看故事的眼光在這一年大進。看來，這兩篇作品都少了「精采直到最後一刻」，少了讓他們有所「驚奇或驚喜」的句點。

第二輪投票後，男、女生一致決定，把年度童話獎頒給了〈黑熊爺爺忘記了〉。

其實，我也很喜歡這篇故事，〈黑熊爺爺忘記了〉，以家人的愛貫穿全文，失智老人忘了身邊一切的窘境，應該會讓愛他的家人無奈、抱怨，甚至憤怒。然而，黑熊爺爺的家人的反應，讓我們佩服，他們不斷的包容、諒解及承受一切的不合理，這種態度曾讓小主編覺得很不可思議，卻在討論後發現，只有「最濃最濃的愛」才能解釋這一切的可能。

對，只有家人間最濃最濃的愛，才能解釋這一切，故事結局，黑熊爺爺終於想起來，他忘了的是什麼，啊，請容我賣個小小的關子，讓您重新讀讀這篇文章，用「它」來振奮我們悶了一年的心，在二零一四年重新再起的一年，願〈黑熊爺爺忘記了〉這則故事，能鼓舞台灣，從愛出發，走向希望。

恭喜子魚。

一〇二童話王國闖關記

◎何文捷、黃彥蓉、楊子葳、詹皇堡、劉巧華、劉冠廷

各位大作家，歡迎來到一〇二童話王國，我是一〇二童話王國的公主黃彥蓉，今年由我們擔任童話王國的守門人，感謝各位大作家幫小朋友創造這麼多童話故事，豐富台灣小朋友一整年的精神糧食。

一〇二童話王國成立在一百零二年一月一日，關門日在一百零二年的十二月三十一日，在這一年內，各位大作家創作出來的作品，都有機會到一〇二童話王國來闖關。

童話王國的門說大不大，說小不小，不過，只要您的作品夠好，一定很容易進來。

我們今年一共有六位守門人，大家都想好好的把關，盡好自己的責任，能為一〇二年留下最精采最優秀最適合小朋友閱讀的童話故事。

所以，別怪我們太無情，因為童話世界裡，巫婆比我們更狠；別怪我們喜歡特別，因為不特別，是無法引起小朋友共鳴的。

想進來闖關了嗎？請各位守門人出來跟大家見見面。

熱氣球草原

歡迎來到五彩繽紛熱氣球草原，我是這關的關主詹皇堡，您也可以叫我小光頭。

您的作品中最好能像熱氣球一樣，色彩鮮豔而且造型獨特。

想通過我這關，您作品中的角色，一定要個性鮮明，就像熱氣球一樣色彩鮮豔，不能太平凡太無趣，它最好像那位愛穿新衣的國王，或是像愛說謊的小木偶，個性非常的突出，不然永遠都別想過我這一關。

而在外觀上，您作品中的角色長相要很獨特，就像熱氣球一樣，讓人遠遠的就能辨認出來。比如拇指姑娘，長得夠小；傑克的魔豆裡有個超級巨大的巨人，您應該也能一眼看出他；又比如那神奇的保母包萍，她那把雨傘和從天而降的模樣，應該沒人忘得掉。

歡迎各位作家來熱氣球草原走走，帶著您們的作品來，說不定，乘著熱氣上升到達一〇二童話王國的，就有您的作品哦。

衝天雲霄飛車

快快快，來排隊，衝天雲霄飛車即將出發了。

我是列車長何文捷，這列雲霄飛車，保證有三百六十度迴轉，有急速俯衝，有倒轉流星……

對了，您想搭上這班車不難，您的作品中，要有峰迴路轉的情節，能讓我意想不到，讀完大呼過癮，就像搭了一趟雲霄飛車回來一樣，頭髮根根直豎。

您的情節最好緊湊逼人，像是有一座一座的高峰，列車不斷的上上下下，這才刺激。

當然囉，列車偶爾也會行駛在萬家燈火之上，那時，天上的星星伸手可及，底下的平原有雲海有燈海，童話故事裡的世界，要能出現這樣壯觀的場面，描寫這麼優美的景色，那時，沒人能阻止您登上這班車，連我也不行的。

甜心糖果屋

我是關主劉巧華，想過甜心糖果屋很簡單，請容我跟大家說明吧！我這關專門收藏各式滋味的各樣作品，酸甜苦辣的作品我都愛，因為我這關最注重讀起來的「感覺」。

對，就是感覺，您的作品要能讓我讀完回味無窮，就好像吃了一塊特別口味的糖果般，這樣的故事就會吸引我，糖果屋的大門就會為您開。

它可能像在講家人間的愛，那種溫暖的感覺就像棉花糖，軟軟的，甜甜的，回味再三。

它可能像是講友情說愛情，讀起來酸酸甜甜；也可能是一段爆笑的故事，啊，那滋味就像藏了酒心巧克力，只有咬破那一剎那，才知道裡頭是什麼滋味。

您的作品能讓我有感覺嗎？能讓我一讀就愛上它嗎？我很期待。

驚喜包舞台

大家好！我是這關的關主楊子葳，我這關的名字叫做驚喜包，為什麼叫驚喜包？原因是這關最主要就是要發揮您的創意，您的故事必須有一個前所未有的創意，就好像驚喜包一樣，在驚喜包沒打開前，沒人知道裡頭有什麼，但是您的驚喜包，必須能讓我發出哇、哦、嗚這樣的讚歎來。

有沒有？

如果您的作品，能讓我發出這種叫聲，您已經快要站上舞台了。

別急，不要急著衝上來，除了哇、哦、嗚之外，您的創意還必須要合理，就是一定要合邏輯，就像在放風箏一樣，風箏能天馬行空在天空飛，還是得靠一根「合理」的線來拉，這根合理的線，必須給我們小朋友一個說明，不能青蛙想飛就飛，公主想變蛤蟆就變蛤蟆，您的作品如果能提出合理的說明，恭喜您，噹噹噹，可以登上舞台了。

好營養餐廳

歡迎光臨好營養餐廳，請由我——劉冠廷為大家導覽說明。

好營養餐廳，只販賣最營養可口的餐點，能被我們看上眼的作品呢，它內含的營養素要足夠，最好能讓小朋友吃完之後，頭好壯壯，人人都是知書達禮的好少年。

我們期待讀到歌頌友情的故事，讓小朋友讀完更珍惜友誼；我們也喜歡那種溫馨家人之愛的故事，小朋友讀了之後，能體會到家人對他們的愛，他們也願意為家庭付出。當然，講勇敢的、愛國的、熱愛閱讀的、注重環保的，只要是小朋友需要的營養素，我們都很歡迎。

不過，如果太過強調營養，不注重烹調手法，讀起來硬得像課本，哦，不好意思，為了不讓小朋友倒胃口，我們也不能收留您的作品哪！

好囉，聽完五位關主的介紹，相信您已經大概知道一〇二童話王國的闖關規則，現在，如果您有空，再回頭看看入選的作品，您一定會更了解這一年來，台灣的大作家們，是如何苦心創作他們的作品，才有這麼精采的作品被收藏在王國裡面了。

謝謝大家的光臨，期待有機會再相見囉。

一〇二年童話紀事

◎謝鴻文

一月

●三十日至二月四日，二〇一三年第二十一屆台北國際書展在世貿中心舉行，主題國為比利時。童書主題館規劃童書繪本主題展區、親子互動區、人偶秀活動等，營造出親子的快樂園地。繪本主題展以奧地利插畫大師莉絲白・茨威格、比利時推薦插畫家以及國內插畫家作品共同展出。

●龍圖騰文化持續引進中國童書，在台灣推出金波「小綠人」系列，第一集為《追蹤小綠人》。

二月

●二日，龍圖騰文化與秀威資訊舉辦「海峽兩岸兒童文學作家交流會」，由林文寶主持，台灣出席代表有陳木城、林煥彰、黃海、楊宗瀚等人；中國代表則以當前中國最暢銷兒童文學作家楊紅櫻為主，這是她第二次來台灣交流，並推出「科學可以很童話」系列繁體字版。

●十七日，台北市民交響樂團與四也出版公司合作，改編李儀婷童話的兒童音樂劇《媽祖的眼淚》於國家音樂廳演出。

●十九日，由國立台灣文學館策劃出版，江寶釵教授主編的《黃得時全集》，於台北市紀州庵文學森林舉行新書發表會，《黃得時全集》包括創作卷六冊、論述卷五冊共二卷十一冊，其中包括《創作卷五：兒童文學（上）》、《創作卷六：兒童文學（下）》兩本兒童文學作品。黃得時是第一位投入台灣新舊文學史論述的學者，更是一位跨越時代的文人，對兒童文學的重視，不下於民間歌謠、歌仔冊、布袋戲的研究。

●四也出版社推出「慶典童話」系列，以台灣各地慶典為素材，首波出版李儀婷《媽祖的眼淚》、許榮哲《夜弄土地公》、王文華《天燈精靈 2266》。

●林世仁《童話飛進名畫裡》由典藏藝術出版，這是台灣第一本美術童話。

三月

●七日，中華民國兒童文學學會於兒童文學的家舉辦信子《小兔子的奇怪阿嬤》創作分享會。

●七日，九歌出版社發表一〇一年度散文、小說、童話選新書，並頒獎給各年度文選得主，《九歌一〇一年童話選》由許建崑主編，入選童話作者有邱千真、楊隆吉、Chair、任小霞、王英錦、子魚、林世仁、俞芳、賴小禾、張淑慧、李瓊瑤、周姚萍、鄭淑芬、翁藝晴、王文華、楊福久、山鷹、王蔚、望生、李紫蓉、施養慧、賴曉珍、鄭丞鈞、謝鴻文、林安德，年度童話獎由王文華以〈雲來的那一天〉獲得。

●九日，台東大學兒童文學研究所舉辦兒童文學研究所分區校友座談會暨兒童文學系列講座「兒童文學：寫實與幻想」，台中場（台中市立大墩文化中心）講師包括黃雅淳、藍劍虹、陳晞如、葛容均、杜明城，分別從兒童傳記、圖畫、兒童戲劇、幻想文學、科幻小說與科普文學為主題演講；二十三日台南場（於台南市勞工育樂中心）講師包括游珮芸、藍劍虹、杜明城、葛容均、黃雅淳分別從日本動漫、圖畫、科幻小說與科普文學、幻想文學、傳記為主題演講。

●十三至十四日，台南市立圖書館裕文分館舉辦「童話故事營」，課程主題有李儀婷「童話課：媽祖不見了」、李儀婷「童話課：媽祖的眼淚」、林哲璋「邏輯童話：奇怪動物園」、林哲璋「邏輯童話：猜臉島」、王文華「天燈精靈2266」、李儀婷「童話故事的創意寫作」。

●二十六日，二〇一三波隆那國際兒童書展台灣館，首度嘗試與法蘭克福書展公司在德國館合作「國際童書版權交流：遇見德國」媒合活動，德國共有Arena等七個童書出版社參與，台灣參與的出版社有凱風卡瑪兒童書店、小魯文化、信誼基金會、天下雜誌、天下遠見、大塊文化，及資深版權人武忠森等台灣館版權代表，雙方介紹各自的出版品，並對台灣與德國的童書市場提問與交換意見，未來將延續更多的合作與交流，積極開發台灣童書的國際市場。

●三十日，台南市政府舉辦首屆「台南兒童文學月」，於北區公園國小禮堂進行開幕起動儀式。自三月三十日至四月七日為期九天的「孩子的世界——閱來悅大」書展，不僅有說故事時間，也安排了作家講座，邀請許榮哲、陳榕笙及幸佳慧等知名作家蒞臨現場和讀者對話，更有精采的魔術表演。同時為鼓勵並推動本土兒童文學創作，也首次舉辦「優質本土兒童文學書籍徵選」活動；邀請兒童文學界的知名學者與專家進行評選，分有繪本、橋樑書、童詩、小說及其他等類別，精選出一百三十六本作品。

●古佳豔主編《兒童文學新視界》由書林出版，此書是台灣兒童文學研究者立足本土、積極吸納歐美新知，努力與世界對話的活力展現，係教育部顧問室所補助的「童年論述經典研讀會」和國科會人文學研究中心贊助的「童年與現代性研讀會」的階段成果。書中共收錄七篇論文為楊麗中〈透過孩子的眼睛：班雅明與當代圖畫書的美感經驗〉、劉鳳芯〈街道、市場、動物園：當代台灣兒童圖畫書的空間閱讀〉、古佳艷〈吾家有女初長成：兩種《小婦人》中譯本初探〉、吳玫瑛〈男孩就是野？：歐美經典童書中的「野孩子」論述〉、蔡欣純〈品嘗玩味、探索自我：《愛麗絲書》及《史凱力》中的食物經驗〉、賴維菁〈兔子、魔法、音樂隊：跟著童話與幻奇去旅行〉、黃惠玲〈台灣繪本所反映之國家身分與文化認同〉，以及梅維絲．萊莫（Mavis Reimer）演講稿〈何謂家？：通俗兒童文學中關於家（Home）與無家（Homelessness）的論述〉。

四月

●七日，紀州庵文學森林三月三十一日起舉辦「二〇一三紀州庵玩書節」，看故事系列活動邀請作家、編輯、出版社從不同的角度來「看故事」。本日的經典新詮，有陳夏民主講「《綠野仙蹤》：大小孩的人生指南」。說故事系列活動中與童書出版社、兒童文學工作者合作，透過說故事與故事分享，帶領不同年齡層的小讀者們思考故事、閱讀故事。四月十四日有翁愛晶主講「誰那麼大膽？夜弄土地公！」；四月二十七日有田心主講「《早知道》與故事分享」。

●八日，第三十七屆金鼎獎公布得獎名單，最佳兒童及少年圖書獎有呂游銘《想畫‧就畫‧就能畫》、蔡兆倫《看不見》、黃一峰《自然觀察達人養成術》、曹俊彥、游珮芸《曹俊彥的私房畫：一個愛畫畫孩子的童年往事》、馮輝岳《松鼠下山》、石麗蓉《我不要打針》、鄭淑芬《塞車》、王文華《首席大提琴手》。

●十三日，台灣第一座兒童文學作家紀念館——林鍾隆紀念館於桃園縣大溪鎮仁和國小內舉行正式開館儀式，參與開幕見證這台灣兒童文學發展里程碑的兒童文學作家有傅林統、胡鍊輝、藍祥雲、陳正治、廖明進、林煥彰、可白、蔡榮勇、褚乃瑛、陳秀枝、張捷明、林茵、林靜琍、呂嘉紋、謝鴻文、張英珉等人，開幕典禮中有SHOW影劇團演出紙芝居故事劇場《勇闖四妖山》，及林鍾隆童話《國王的寶庫》。林鍾隆為台灣戰後第一代兒童文學作家，曾創辦台灣第一份兒童詩刊《月光光》，影響台灣童詩發展深遠。其童話代表作有《醜小鴨看家》、《蔬菜水果故事集》等。

●二十日，台北書林書店舉辦「翻開兒童文學的宇宙」系列講座，由藍劍虹主講「吉卜林《原來如此的故事》」。此系列講座從三月一日起共舉辦九場，前面幾場有杜明城、游珮芸、葛容均、陳儒修等人分別從科普、窗・道雄童詩、日本動漫、幻想文學、兒童電影為主題演講；另五月十八日，藍劍虹主講「詩與故事中的語言遊戲」；五月二十四日，杜明城主講「童話與筆記小說中的夢」。

●二十日，林鍾隆紀念館舉辦「沙發上說書」，由謝鴻文和林茵對談《雨耳朵》和《小島阿依達》。五月十八日，由張英珉和蕭逸清對談《神探啄九下》和《汪汪星球》。

●二十日至六月二十日，台北市中山堂舉辦「世界經典童話郵票展」。

●二十日，「二〇一二好書大家讀」年度最佳少年兒童讀物頒獎，共一百二十四冊圖書獲獎，其中文學讀物類五十六冊、圖畫書及幼兒讀物類三十一冊、知識性讀物三十七冊，文學讀物類童話故事得獎有：丁勤政《快樂豬學校》、哲也《小火龍與糊塗小魔女》、王文華《歡喜巫婆之剛好有雜貨店》、鄒敦怜《大蒜大蒜我愛你》、王文華《首席大提琴手》、黃文輝《坐車來的圖書館》、張友漁《動物狂想曲七：長鬃山羊的婚禮》、張友漁《祕密小兔》、林哲璋《大寶巨人倒楣鳥》、王宇清《水牛悠尾的煩惱：台灣陸橋動物群的歷險記》、謝武彰《狐狸金杯》、王宇清《願望小郵差》、馮輝岳《松鼠下山》、侯維玲，張嘉驊，周世宗，洪志明，蒙永麗著《鳥人七號》、Cookie&Liao，陳昭玲，山鷹，金丸，陶樂蒂，崔克絲，林哲璋，林郁卉，史娃，林世仁，蔡明原，王文華，黃文輝，顏似棱著《蔬菜超人（健康篇）》、陳素宜

《禮物森林》等。本年度另增設「年度優秀繪圖獎」，由李如青、陳致元、陳麗雅獲得。

五月

●四日，中華民國兒童文學學會舉辦「二〇一三年當代台灣新銳童話作家作品討論會」，本日第一場於兒童文學的家舉行，討論作家哲也、蔡淑媖擔任評論；五月十一日第二場於林鍾隆紀念館舉行，討論作家李光福、謝鴻文擔任評論；五月二十七日第三場於新北市新樹幼兒圖書館舉行，討論作家陳素宜、蔡淑媖擔任評論；七月二十七日第四場於宜蘭文學館舉行，討論作家陳佩萱、謝鴻文擔任評論；八月三十一日第五場於雲林故事館舉行，討論作家亞平、楊恩慈擔任評論；九月二十八日第六場於台南森林圖書館舉行，討論作家林哲璋、黃愛真擔任評論。

●十三日，新北市書香協會慶祝成立十週年，四月二十九日起於新樹幼兒圖書館舉辦「新樹十歲．拾穗書香」系列講座，講座以圖畫書為主，本日則由邱各容主講「當代台灣兒童文學的歷史與記憶」。

●二十四日，台南市葫蘆巷讀冊協會舉辦「二〇一三兒童文學讀書演講會」，共三場活動分別從小說、繪本、童話各擇一書探討，由幸佳慧帶領主講「理解經典——回看一九一〇年代的英國文化與社會結構」，以童話《柳林中的風聲》為範例。

六月

●一日，金門縣文化局舉辦「與知名童書作家有約」活動，邀請王文華主講「童話裡的異想世界」。

●一日，小魯出版社自四月六日起舉辦「小魯文化嘻遊季」活動，展開全台灣巡迴閱讀講座、戶外踏青活動及小魯姊姊說故事，邀集邱承宗、林煥彰、孫心瑜、周姚萍、陳欣希、溫美玉、崔美君、黃惠鈴、林美琴、蔡幸珍、陶樂蒂、許慧貞、蔡淑媖、鄭明進等兒童文學作家及文化工作者，帶領讀者進入閱讀的氛圍，思考故事、閱讀故事。其中由周姚萍主講的「《童話好好玩》！創意好好玩！」，六月一日於台北市紀州庵文學森林、六月二日於新竹市立文化局舉行、六月二十九日於台中市台灣文化會館舉行。

●三日，國立台灣文學館一〇二年度第一期「文學好書推廣專案」決選名單公布，入選的童話作品僅有《一〇〇年童話選》。

●十六日，幸佳慧於高雄駁二藝術特區C2倉庫「藝起反核」系列活動中主講「和孩子談重要的事——反核繪本與童話」。

●二十八日，靜宜大學外語學院舉辦第十七屆兒童語言與兒童文學研討會，活動內容包括張杏如專題演講〈走在台灣幼兒文學推廣與出版的路上——信誼的經驗〉，以及十二篇論文發表，其中與童話相關有李惠加〈大野狼角色的傳統價值與創新意義探討——以《三隻小豬》和《三隻小狼與大壞豬》為例〉、鄭椙潔〈山海童話形構出的生態倫理觀——以鄭清文〈鹿角神木〉、〈白沙灘上的琴聲〉為例〉、張怡雯〈從"Fairy"字源談西方神話命運觀對童話影響的流變〉。

七月

●三日，第十屆浯島文學獎公布得獎名單，兒童文學組：第一名：張𪚥青〈阿酒與阿獅〉。第二名：游書珣〈水獺媽媽的瓊麻背包〉。第三名：陳志和〈奇蹟防空洞〉。佳作：曹宇萱〈馬鞍藤的紅色夢境〉、吳俊龍〈吉祥鳥阿金〉、吳高勝〈獅爺補牙記〉、郭桂玲〈阿鱟搬家〉、黃淑萍〈風獅爺・出動〉。

●十日，台北市立圖書館舉辦「走進校園，閱見好書」最受小學生歡迎十大好書票選活動，票選結果公布由《自由，是什麼呢？》、《全世界都是洞》、《停電了！》三本書分別榮登高、中、低年級組榜首。其他入選書單中，高年級幾乎都是少年小說和知識性讀物，中、低年級以繪本、橋樑書為主，中年級入選的童話有丁勤政《快樂豬學校（上）》（第五名）、謝武彰《狐狸金杯》（第六名）；低年級入選的童話有哲也《小火龍與糊塗小魔女》（第六名）。

●十七至十八日，四也出版公司舉辦的「第三屆四也兒童文學營」，活動共三個梯次，第一梯次於新竹博愛國小舉行，講師包括許榮哲、崔永嬿、李儀婷、楊茂秀，與童話有關的課程有李崇建主講「以童話故事涵養孩子的內在對話方式」；第二梯次七月二十至二十一日於台南忠義國小舉行，講師包括許榮哲、崔永嬿、李儀婷、張嘉驊、楊茂秀；第三梯次八月三日至四日於彰化南郭國小舉行，講師包括許榮哲、崔永嬿、李儀婷，與童話有關的課程有王文華主講「八招，寫出一則好故事」、林文寶主講「每個慶典都有自己的童話」。

●十八日，中華民國兒童文學學會舉辦「二〇一三兒童文學創作人才培育計畫課程：記憶與感動——台灣兒童文學發展史」，由邱各容主講，課程內容為七月十八日「日治時期：證明台灣兒童文學不是橫的移植」，七月二十五日「戰後初期到六〇年代：台灣兒童文學的再出發」，八月一日「六〇年代到八〇年代：台灣兒童文學的黃金時期」，八月十五日「八〇年代到千禧年代：台灣兒童文學的里程碑」，八月二十二日「新世紀台灣兒童文學的國際化與在地化」。

●三十日，第三屆台南文學獎公布得獎名單，兒童文學類首獎邱建樺〈呼嚕呼嚕〉，優等從缺，佳作連泰宗〈搶救蝌蚪行動〉、劉碧玲〈阿圖和他的新車〉、翁心怡〈北風與男孩〉、曾昭榕〈年獸的聖誕節〉、王宇清〈小茶館憶難忘〉。

八月

●五至九日，林鍾隆紀念館舉辦「二〇一三第一屆林鍾隆兒童文藝營」，由謝鴻文、游文綺、謝佳君、彭瑜亮和李美齡擔任講師，以林鍾隆作品為主軸，再分別從插畫、文字創作、戲劇等多元角度切入引導，第一天課程由謝鴻文主講「林鍾隆的童話世界」。

●十五日，行政院環境保護署舉辦的第一屆綠芽獎環境教育圖書，得獎名單公布：民間出版品文字類（幼童及青少年組）以童話獲獎的有特優獎王文華《可能小學的愛地球任務》、優等獎鄭宗弦《人魚王國的變身魔藥》、佳作獎管家琪《阿不達的羽毛》。

●二十五日，台北市故事文化創意協會舉辦「台灣民間故事閱讀與說演學術研討會」，發表論文有：原靜敏〈質樸的傻趣——再尋台灣民間故事的個中滋味〉、洪群翔〈台灣民間故事形態研究——以《周成過台灣》與《林投姊》為例〉、顏志豪〈《一個傻蛋賣香屁》民間故事改寫〉、簡明美、黃愛真〈《女人島》的二種風情——從六到十六歲的台灣原住民故事閱讀帶領〉、簡明美、陳瑋玲〈阿美族鳥類故事研究〉、邱凡芸〈《虎姑婆》原型象徵及其於繪本、動畫之轉化〉。

●二十八日，典藏創意空間和府中15新北市動畫故事館共同舉辦的「旅行・在童話相遇插畫展」，由何怡萱擔任親子創作工作坊講師。

九月

●九日，第六十四梯次「好書大家讀」活動評選公布，入選的童話故事作品有：王文華《青蛙青蛙呱呱呱》、王文華《從前從前有個胖臉兒》、林麗麗《心中有晴天》、鄒敦伶《轉學生亞美》、陳榕笙《貓村開麥拉》、林世仁《童話飛進名畫裡》、許建崑主編《九歌一〇一年童話選》、賴小禾《出走》、鄭宗弦《我家的神鬼老大》、陳碏《古靈精怪：花魂》、謝鴻文《脫線黑線三條線》、鄭宗弦《蜘蛛老大毒天王》、楊寶山《天啊！剃光頭》、林淑玟《偷養一隻貓》、信子《小兔子的奇怪阿嬷》、黃文輝《鸚鵡阿慢》、蕭逸清《夸弟的鼻孔》、王文華等作《香蕉星太空船》、劉旭恭等作《歡迎光臨我的博物船》、陳素宜《年獸阿儺》、馬景賢，陳昇群著《目連救母》、管家琪，馬景賢著《火頭僧阿二》、王淑芬《不乖童話》、吳俊龍等著《蒼蠅螞蟻讀心術》、謝武彰《中山狼傳》、謝武彰《天下第一蟑》、林哲璋《用點心學校４：學生真有料》、安石榴《多多和吉吉：野餐日》等。

●十日，新北市立圖書館舉辦「秋季閱讀推廣社團領導人成長動力集訓營」，由沙永玲主講「我的童話人生」。

●十四至二十二日，「佛光山二〇一三國際書展」於佛光山佛陀紀念館園區舉辦，除有各類書區展示，另規劃名家講堂、手創藝區ＤＩＹ、大樹下的故事屋、我愛閱讀等活動，其中名家講堂有李黨、郝廣才、幸佳慧和楊宛靜的三場繪本講座之外，二十日有黃春明主講「黃爺爺說故事」。

●十五日，海峽兩岸兒童文學研究會於國語日報社為「永遠的小太陽」林良歡慶九十歲生日，活動中有朗讀、作家布袋戲團演出、小提琴演奏、台大學生社團手語演唱，眾多兒童文學界的前後輩都來祝壽，祝林良先生福壽綿延九九九，歡喜童心久久久。

●二十三日，教育部文藝創作獎頒獎，童話教師組得獎名單特優林怡君〈不卡矮人〉、優選朱心怡〈廢話回收有限公司〉、陳志和〈槭奶奶的夢〉、佳作張淑慧〈皇帝和魔術師〉、曾莉婷〈鬼話連篇〉、黃培欽〈聰明羊〉。

●邱各容《台灣近代兒童文學史》由秀威資訊科技出版，本書論述台灣日治時期兒童文學的發展歷程，在「共生的歷史」中建構近代台灣兒童文學的史實規模。內容強調台灣新文學與兒童文學的關係是同歌同行、同源分流的。是國內首次將台灣新文學與台灣兒童文學相提並論的學術研究，進而證明台灣兒童文學以台灣為主體性的歷史發展進程，絕不是所謂的「橫的移植」。

十月

●二日，桃園縣教育局主辦的「桃園縣兒童文學獎」公布得獎名單，童話故事組第一名陳志和〈一閃一閃亮晶晶〉、第二名張英珉〈老診所〉、第三名方瑜君〈藍寶・阿尼〉、佳作曾若怡〈小黑面琵鷺的願望〉、許芷歆和陳玉瑄〈翡翠國之旅〉、游書珣〈毛衣阿壯的旅行〉。

●八日，海峽兩岸兒童文學研究會改選新任理事長，由何綺華當選。

●九至十三日，二〇一三年德國法蘭克福國際書展舉行，今年台灣館首創「台灣沙龍」，結合國際出版專業與藝文沙龍自由雙向交誼功能，童書作者由曾獲美國《出版人週刊》年度最佳童書插畫家陳致元於十月十一日參加「遇見插畫家：陳致元」活動，於台灣沙龍內呈現傳統春聯與手繪插圖結合的意趣。今年台灣館文化部台灣原創作品試譯本補助：幾米著《時光電影院》（大塊）、蔡兆倫著《看不見》（小兵）、邱承宗著《我們去釣魚》（小魯）、陳景聰／文、杜小爾／圖《大黑狗耕田（卑南族）》（世一）、劉伯樂著《我看見一隻鳥》（青林）、汪菁著《地球星君和他的十二個兒子》（信誼）、劉思源／文、賴馬／圖《1個變100個》（愛智）、王文華／文、王書曼／圖《首席大提琴手》（遠見天下）、黃郁昕、黃郁辰／文、王品涵、王品捷／圖《藍眼珠呼叫小耳朵》（鳴嵐）、李如青著《不能靠近的天堂：遇見無國界的自由之翼》（聯經）等作品。

●十日，台灣繪本作家幾米入圍目前世界最高獎金的童書獎林格倫紀念獎（Astrid Lindgren Mem○rial Award），這是台灣首次有創作者獲得提名。

●十七日，中央大學通識教育中心和性平會主辦「童書革命——童書作家數百年來在『性別』議題上的蛻變與突圍」講座，由幸佳慧主講。

●十七日，國語日報社舉辦的「國語日報兒童文學牧笛獎」，公布第十二屆得獎名單：首獎從缺，第二名為黃文軍〈第999號鑲星人〉，陳彥伶〈獅子王的新髮型〉和王彥豔〈老馬和小鼠〉並列第三名，三名佳作是徐麗金〈狐狸典當行〉、林巧鄉〈快活水與慢活草〉和陳天中〈兩個安娜〉。

●二十三日，清華大學中文系主辦「兒童文學與我們的距離——讀它、寫它、評它！」講座，由幸佳慧主講。

●二十五日，台灣目前最主要的兒童文學發表媒體《國語日報》於今天歡慶六十五週年社慶，現場特別展示總統夫人周美青、導演李安、吳念真等人童年投稿作品。

●二十九日，四也出版社從本日起至十二月十七日舉辦「四也童話創作坊」，八場講座分別邀請許榮哲、林世仁、楊茂秀、王淑芬從童話的四個面向「童話入門篇」（講題「為什麼我和別人不一樣：自我認同的童話創作」、「安徒生童話不會教我們的事」）、「字的童話篇」（「童話的四個偏向：我的童話觀VS.《字的童話》」、「從靈感到作品：我的創作經驗談」）、「兒童哲學篇」（講題「童話裡的哲學思考工具箱」、「童話敘事如何運用童話創造兒童哲學的探索社群」）、「不乖童話篇」（講題「沒有××，就不是好童話&小書加童話的DIY」、「童話裡的排行榜&手工書是童話發想加速器」），帶領學員走進最具想像力的童話創作世界。

●三十一日，文化部第三十五次中小學優良課外讀物推介評選名單公布，文學類入選的童話作品有：張英珉《神探啄九下》、張友漁《動物狂想曲7：長鬃山羊的婚禮》、丁勤政《快樂豬學校》、傅林統主編《一〇〇年童話選》、謝鴻文《雨耳朵》、林世仁《精靈迷宮》、林秀穗《哈拉公爵的神祕邀約》、侯維玲、張嘉驊、周世宗、洪志明、蒙永麗合著《鳥人七號》、韓萬榮《彎月池塘的水獺》、黃曦《慢吞吞王國》、林哲璋《用點心學校3：老師有夠辣》、王文華《首席大提琴手》、岑澎維《溼巴達王國：萬夫莫敵鳥》等。

十一月

●七至九日，上海舉辦首屆上海國際童書展（CCBF），書展期間舉辦的「金風車最佳童書獎」評選，台灣兒童文學作家方素珍榮膺評審委員之一。

●十三至十八日，由政治大學幼兒教育研究所、台東大學兒童文學研究所、台北市立教育大學幼兒教育學系、毛毛蟲兒童哲學基金會共同舉辦的「二〇一三孩童・閱讀・思考」國際研討會，台北場十三至十四日於國立台灣圖書館舉行，台南場於十五至十六日於國立台灣文學館舉行，十八日台東場於台東大學舉行，研討會中安排曾志朗〈閱讀腦：透視兒童學習閱讀的神經可塑性〉、Rainer Kokemohr〈閱讀兒童——探索想像與現實間的世界〉、松本猛〈如何閱讀繪本中的圖畫〉、John Eric Wilkinson〈童年概念：學習與圖像素養〉、楊茂秀〈繪本生態學與臺灣的閱讀思考教育〉五場專題演講，另有黃春明、楊茂秀、曹俊彥的故事說演，三場研討會論文則共發表二十八篇論文，與童話相關的有洪群翔〈慶典童話故事形態研究與閱讀——以《胎記龍飛上天》為例〉。

●二十三日，蒲公英故事閱讀推廣協會舉辦「蒲公英悅讀講座」，邀請林世仁談《童話飛進名畫裡》。

●二十四日，中華民國兒童文學學會主辦「兒童文學資深作家作品研討會：趙天儀、林煥彰、黃海、林武憲的童心世界」，共發表四篇論文，包括陳秀枝〈一棵不斷茁長的常青樹——論趙天儀的兒童詩與推廣兒童文學的貢獻〉，陳燕玲〈貓詩人心裡所養的千萬隻貓——林煥彰「貓詩」之探究〉，王洛夫〈試論黃海童趣作品風格〉，張嘉驊〈當黃花照亮小路——從棲居詩學看林武憲的童詩〉。

十二月

● 一日，國立公共資訊圖書館首次舉辦「台灣閱讀節」，「閱讀大盛宴——百戶家庭閱讀宴」活動邀請《親子天下》童書主編張淑瓊、童書作家林真美、林世仁、王文華，一起進行戶外童書導讀、互動座談。

● 二日，近年致力兒童文學和兒童戲劇創作的黃春明，榮獲「第三屆全球華文文學星雲獎」文學貢獻獎。

● 四日，國語日報社舉辦「開創兩岸兒童文學交流新局座談會」，由桂文亞主持，海峽兩岸出席的研究學者、出版社編輯、作家，中國代表有方衛平、蕭萍、趙霞、陳恩寧、吳其南、彭學軍、陸梅、姚媛；台灣代表有陳信元、黃雅淳、余治瑩、林哲璋、黃莉貞、郭玉慧。

● 五日，「二〇一三兩岸兒童文學作品展」在紀州庵文學森林舉行。

● 七日，台灣客家筆會主辦「二〇一三台灣客家文學研討會」，共發表十篇論文，其中與童話有關的有左春香〈張捷明客語童話寫作思想素養探究〉。

● 十四日，《國語日報》製作「牧笛獎特刊」，刊出張子樟總評〈等待好童話〉，及六位得獎者的得獎感言、作品簡介。

● 二十一日，台灣兒童文學研究會於東海大學外國語文學系主辦秋季講座，主題：「台灣兒童文學教育與教學概況」，邀請英國西英格蘭布里斯托爾大學凱瑟琳·巴特勒（Catherine Butler）教授演講。

●二十七日，黃春明榮獲總統文化獎。

●誠品書店公布年度兒童文學暢銷 TOP 20，由林哲璋《用點心學校4：學生真有料》獲得第一名，這是林哲璋「用點心學校」系列童話連續兩年奪冠。排名第二以下為《我喜歡》（文／林良、圖／貝果）、《神奇樹屋47—48》（瑪麗．波．奧斯本）、《妖怪藥局大拍賣》（伊藤充子）、《吸墨鬼來了1—2》（艾力克．尚瓦桑）、《21個小英雄的故事》（卡路安）、《水果奶奶好故事1：什麼時候可以吃冰淇淋？》（公共電視水果冰淇淋）、《小姊姊的心事》（傅嘉美）、《香草魔女11：女王的紫色魔法》（安晝安子）、《小公主8：愛的魔法與伊西朵拉公主》（凱特．潔絲）、《查理九世1：黑貝街的亡靈》（雷歐幻像）、《不乖童話》（王淑芬）、《魔龍2—3》（亞當．傑．艾普斯坦）、《什麼都行魔女商店17：璀璨愛心禮服》（安晝安子）、《露露菈菈14：露露和菈菈的鬆餅》（安晝安子）、《多多和吉吉：野餐日》（安石榴）、《魔法公主4：水之國公主》（成田覺子）、《5個甜心公主的冒險》（日本兒童文學者學會）、《文具精靈國》（郭恒祺）、《口香糖復仇記》（安德魯．克萊門斯）。

九歌童話選 11

九歌102年童話選

Collected Fairy Stories 2013

主編　王文華、何文捷、黃彥蓉、楊子葳、詹皇堡、劉巧華、劉冠廷

插畫　Kai、李月玲、劉彤渲

執行編輯　鍾欣純

創辦人　蔡文甫

發行人　蔡澤玉

出版發行　九歌出版社有限公司
台北市105八德路3段12巷57弄40號
電話／02-25776564・傳真／02-25789205
郵政劃撥／0112295-1

九歌文學網　www.chiuko.com.tw

印刷　晨捷印製股份有限公司

法律顧問　龍躍天律師・蕭雄淋律師・董安丹律師

初版　2014（民國103）年3月

定價　**320元**

書號　0172011

ISBN　978-957-444-932-3

（缺頁、破損或裝訂錯誤，請寄回本公司更換）

本書榮獲台北市政府文化局贊助

國家圖書館出版品預行編目資料

九歌一〇二年童話選. / 王文華主編 ; Kai、
李月玲、劉彤渲圖. -- 初版. -- 臺北市 :
九歌, 民103.03
面 ;　公分. -- (九歌童話選 ; 11)

ISBN 978-957-444-932-3(平裝)

859.6　　103000926